不辜负为你沏茶的人

悟澹——著

SPM 南方出版传媒 广东人民出版社

不辜负为你沏茶的人

悟澹 著

SPM 南方出版传媒 广东人民出版社
·广州·

图书在版编目（CIP）数据

不辜负为你沏茶的人 / 悟澹著. — 广州 : 广东人民出版社，2021.1

ISBN 978-7-218-14515-0

Ⅰ. ①不… Ⅱ. ①悟… Ⅲ. ①随笔—作品集—中国—当代 Ⅳ. ① I267.1

中国版本图书馆 CIP 数据核字 (2020) 第 190729 号

BU GUFU WEI NI QICHA DE REN

不辜负为你沏茶的人

悟澹 著

出 版 人： 肖风华

责任编辑： 刘 宇 李力夫

责任技编： 吴彦斌 周星奎

装帧设计： 吉冈雄太郎

出版发行： 广东人民出版社

地 址： 广东省广州市海珠区新港西路 204 号 2 号楼（邮编：510300）

电 话：（020）85716809（总编室）

传 真：（020）85716872

网 址： http://www.gdpph.com

印 刷： 北京博海升彩色印刷有限公司

开 本： 787mm×1092mm 1/16

印 张： 13 **字 数：** 170 千

版 次： 2021 年 1 月第 1 版

印 次： 2021 年 1 月第 1 次印刷

定 价： 52.00 元

FOREWORD

序 1

众生草木，唯你青山

我总认为，活得像茶一样，才是生命的王道。茶客对茶的标准是色、香、味、形，其实人如茶一般，具备这四样标准，可谓完美和完满，但是兼具谈何容易，做人如茶一样，喝茶与做茶，都是我们的一门功课。

近两年，我常提到“一体两面”这四个字，也时时劝诫自己，凡事不要太过于绝对，更忌讳太满，这一点，于茶的领悟有很大的裨益，它告知我切莫矫枉过正，一如茶那般，既有琴棋书画诗酒茶的风雅，亦要有柴米油盐酱醋茶的实用之处。

一片叶子遇到了水，从此便有了茶。茶的味道离不开水的舒展，这是一种世间法的相互成就，世间的味道是多样性的，但世法是平等的。曾经听过这么一则关于茶的传说：福建建州的能仁寺内，一棵生长在石缝的茶树，被寺内的僧人做成了八块茶，并起名为石白岩。僧人将四块茶送给了蔡襄，另外四块送给了在京为官的禹玉。有一次蔡襄拜访禹玉，在禹玉那里喝了茶之后，便说这茶像能仁寺内的石白岩，禹玉起初不信，后向弟子询问得知蔡襄所言非虚。

故事中的那抹茶，离不开味道的悉心成就和沏就。世间有很多的不可思议，味道的呈现，每个人所尝的方式有所不同，因此酝酿出感官经验上的差别。但是味道最终呈现的结果，都是世法的沉淀与呈现，这不仅仅是味觉与嗅觉的神奇，更是世间不可思议的缘分使然，使得一盏茶在时间和空间的游离中呈现出不同的生命味道和质感。一盏茶的厚度是在与水深度接触之后，茶以往凝练在叶中的春秋岁月，经水火交融，在水的温度下得以澄明。“守住”是茶一生可贵的精神。随着物质生活水平的提高，人们的追求日新月异，旁逸斜出的东西也是数不胜数，沉不下来，收不住内心，是普遍的现象。然而在嘈杂的空间中，与一盏茶的邂逅，便是一种慢下来的方式。

这几年，以茶结缘，走访了很多地方，山河虽美，总觉得自己的一间屋、六尺地，虽不庄严，但也不失精致。置身在寮房的茶桌前，日里可坐，夜间可睡，一盏灯、一炷香，随着茶，在一卷书中，不游方，也不避世，当真是一件人生大快之事。

何谓浮生，惟静卧是小延年，惟静坐是小自在。庭院秋有月，春有花，有时候喜欢附庸风雅，有时候喜欢坐看云起，有时候亦是喜欢在云水之间沏一盏茶，并且独自酝酿。这几年，随着年龄的增长，特别害怕热闹，反倒是独处的安静格外让人身心舒展，就像是一片茶叶在水中的舒展一样，我知道这是精力使然，更明白也是心境使然。

师父曾说，心情低落的时候，精神往上提一提；精神低落的时候，心情往上提一提，人要学会保持平衡。我想，喝茶的过程和沏茶的过程就是这个道理，懂得平衡才能喝出一盏好茶，沏出一盏好茶。竹外窥莺，树外窥水，峰外窥云，喝茶的心境必当如此，游心在有意和无意之间，处事在若即和若离之法，不去刻意、不着痕迹才是真风流。

烦恼场空，身往清凉世界，营求念绝，心归自在乾坤。我们常把“放下”挂在嘴边，殊不知那是口头禅，落实在实际行动中便是寸步难行。也有很多人吊古寻幽，游物外之文章，尽是表里不一、哗众取宠罢了。看过太多的人间剧场，亦在人戏不分中找不到自己的定位，反而在一盏茶的息心之中，顿见生活的本来面目。

简单，自持，少不了接纳和成就。人我时常在悟，但是一到现场沏就的时候，便是漏洞百出，不知道下一步如何是好。我有时候羡慕茶的际遇，因之不仅能遇到一盏茶具、一壶山水，还能遇到此生为自己沏茶的人。而人我，所谓的有愿必定有缘，在无数次的等待之中，殷殷期盼。默默在人世之中千锤百炼，经历了那么多，原以为人非草木，却不想心如顽石，不知道是执着还是坚持。

不知道哪盏茶属于你，就如同不知道哪片云会下雨，山水之间，众生皆是草木，而你却是我生命中的青山。

与师父喝茶的时光，那把壶，那盏茶，那一抹山水，还有那位沏茶的人，都在时光的不辜负之中，在云水的沏就之中，明了并知晓——众生草木，唯你青山。

FOREWORD

序 2

时光老去，
但愿相见便相知

世界这么大，我却认为盖碗和茶壶中的世界最有味道。我根本不知道自己是从什么时候喜欢茶的，喜欢一样东西不需要理由，讨厌一样事物，一个理由就够了。孩提时代的一句话，没想到经历百转千回的人事之后，让我渐渐地懂得了曾经的懵懂。

时光亦如茶这般会慢慢变淡，记忆也是这般，虽然喜欢不需要理由，但我相信都是和美好有关，我和茶的时光亦是如此。

喝茶，与师父喝茶，与师父喝茶的时光，世间所有的相遇，都是久别的重逢。一盏清茶，岁月静好。

2013 年 8 月中旬，我想，与师父喝茶的时光便是从这里开始的，一张从广州抵达福州的车票，就像是一片茶叶，一夜之间，让我从岭南飘到闽南。

山水一程，我醉在一路风景之中。这是我第一次来到福州，确切地说，是到了古田。尽管一夜的奔波，舟车劳顿，于我而言，那陌生的美好一直令我陶醉。这样的一座县城，世俗得让我喜欢，竟不知道是什么原因会让我如此。

翠屏湖很美，山水人情之间，萦绕着有缘人对此处的思念。翠屏湖没有所谓的凄美传说，但我深信这一湖山水孕育了许多有缘人在此撰写的故事，比如一片茶叶的故事，于我而言即是如此。这一湖山水，沏一壶“山水”，云水禅心之间，我便成为翠屏湖畔一家禅院的云水客。

禅心入定皆成幻，月影行空总是缘。第一次来寺院问道堂的时候，不想道场之中会有这么一座怡心的禅院。之所以怡心，倒不是问道堂被打点得过于考究，而是它简约、质朴到让每一位过客觉得怡心。一盆没人打点的兰花，一洼长满绿苔的池水，满地的枯叶，倒显出几分古朴与宁静。

日光从屋内的隔窗之中溜进了茶室，洒了一桌，却不曾漫出桌外。在日光之下，一缕茶香如青烟而上，刚跨步走进门便听到了煮水的声响，茶室里人寂然无声。

我的心事被这缕阳光诠释了，放下包袱，就像茶一样，全然交付于一壶“山水”，我合掌顶礼，在师父面前有了愧忏之心。水烫了，沏出了茶的味道，师父的开示亦如茶水那般烫，他那颗心却与这盏茶一样，清凉自在。

我时常在想，是不是我前世就是佛前供桌上盛水的杯子，今生才对寺院的茶桌如此眷恋。喜欢茶不仅仅是因为茶的味道，我想与我喝茶的那个人也是非常的重要。也是到后来我才明白，在茶桌上，最有温度的不是壶内的水，而是每一位教导我的师父的用心。尽管每次都是我给师父沏茶，但是在内心深处，师父才是我的沏茶人，他懂得什么时候暖我，什么时候温我，什么时候烫我。总之，我以不同的状态出现，师父都会如如不动，用不同的方式去改造我，酝酿我的味道，希求以最佳的方式舒展我。

若时光不老，这盏茶又如何变凉呢？走过一些茶馆，见过一些人，明白了一些道理，世间的美好终究是抵不过一场散席。有些人，有些事，就是与你擦肩而过，却在你的生命之中上了那么一课。来的时候这些人是两手空空，当你准备好满满的心思，等待着将这盏美好奉献的时候，或许这些人与事已经带走了你的一场用心，让你空杯等待。

其实人生这杯盏不曾装过什么，茶是这杯盏的过客，一切事物都是流淌的状态，杯盏中的茶亦是如此。但是在这个过程中，有过茶的醇香，也有过茶客的欣赏，当茶席的欢声笑语过罢，茶客不复存在，这位沏茶的人也许即将离开，但是曾经的那份用心，沏了茶，温了杯，润了心。

感动就在此刻，尽管这杯盏已经没有了茶，但是曾经的香醇依旧隐隐约约，不曾离开过杯中的世界。

时光渐渐地淡了，茶也淡了，记忆却在与师父喝茶的时光中愈发清晰了。茶淡了，沏茶的人都去哪儿了？此刻，我这位茶客，我这颗茶心，全然交付给这一切，等待着时光的酝酿。匆匆忙忙的路上，我感谢这盏茶能够让我在此停息。也就是在一刹那之间，我终于明白了，这盏茶让我就此安坐，我停下来的不是身体，而是心灵。万法从心起，空论树下禅，一切都是心性使然。

心如碧海宽，有容乃大；身如荷莲洁，出淤泥不染。与师父喝茶的时光中，那杯盏、那把壶亦是如此。茶壶容山水灵气，茶中百味，而茶客以各自的因缘如人饮水，冷暖自知，在杯盏的滋味中，体悟世事冷暖。烟火与云水的味道，于杯盏之中酝酿一番云水禅心，禅茶一味。欣赏这把壶的有容乃大，素爱这杯盏的千杯过尽，仍能如如不动，茶心方可心怀太虚，做人亦可如此。

一世人间、一方水土、一处人烟、一片灯火、一座禅院，这一路走来，或许没有师父为我沏茶，但是这杯茶我依然喝着。或许味道有所改变，那沏茶人也不停更换，但那些为我沏茶的人，都在一杯茶中，为我酝酿出一番真理，一番智慧，也为我滋润出一番美好，一番感悟。

茶不曾淡，水不曾凉，师父也不曾离开，虽然时光老去，但是一切都在轮回之中。欲求于人，必先予人，是这盏茶让我明白了这些道理。不仅需要他人为自己沏茶，自己也需要为他人泡上一壶“山水”，闻思智慧固然重要，布施美好亦是无私。

给别人留转身的余地，自己才有大道可行。给别人沏茶一盏，才能知道自己如何酝酿，人生滋味，不都是各自因缘所调制的吗？水是心的因，茶是心的果，上善若水，茶心无尘。

或许这些沏茶的人轮流上演，都是你方唱罢我登场，我却依然在每一场如戏的喝茶中，品尝着每一则生命背后的味道，体谅着每一种味道的来之不易。

我只不过喝了这盏茶，但是我的思绪却被沏入了这盏茶之中，沉浸在茶的故事中。不知道是师父的茶染着了我，还是我的心已经被茶染着了，我贪恋这杯茶的美好，到底是茶的清淡，拂去了我满身的尘埃。原来不必忙于谁人与我喝茶的时光，亦不必忙于我与谁人沏茶的时光，谁都不是这盏茶的主人，也不是这盏茶的过客，山水明月，本无常主，闲者便是主人。

窗前落月，户外垂萝，一盏茶，甜苦备尝好丢手，世味浑如嚼蜡；生死事大急回头，年光疾如跳丸。

人间苦甜，都在茶间。我有时候在想，一如古人那般，半窗一几，远兴闲思，天地是何其辽阔。但是尘事太多，将我们束缚得太紧。与师父喝茶的时光，听闻了太多沏茶人的禅语，也感受到每一盏茶的世味，却依旧眷念起初的那般美好。

有时候我们也明白些许道理，殊不知都是自以为是。试问禅关，参求无数，往往到头虚老；磨砖作镜，积雪为粮，迷了几多年少？茶不是我们的玩物，那些年少的无知，终究会被生活的简约消磨得无影无踪，殊不知半窗青山，一壶茶水，足可以把心中的俗务洗涤得清凉、干净。

一盏禅茶传千古，万千迷情得指归。与师父喝茶的时光，尽管一去不复返，但是人总会再见，如能再聚，但愿相见便相知。

目录

Contents

壹 烟水顿开

贰 茶心无染

叁 人非草木

肆 世法滋味

伍 清净无诤

陆 不增不减

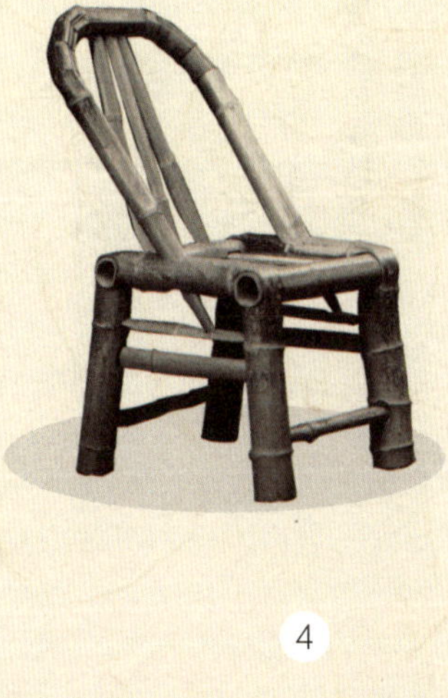

壹

Chapter One

烟水顿开

山居岁月一盏茶，
除了浮生半日的那股闲情，
独处的自我反省方是最值得回味的。

时光知味，
你我都很慈悲

是不是觉得有很久没有与师父喝茶了，是不是仿佛觉得连一盏茶的时光都不曾拥有过？时光还在，那位沏茶的人换了，而我这位茶客还在！

你们告诉我，喜欢师父那盏茶的清凉欢喜，喜欢那盏茶中的上善若水，我又何尝不是呢？大家喜欢的我亦欢喜。但世间万般，有聚亦有散，与师父喝茶的时光，流淌的水，萦绕在周围的香，一去不复返的时光，何曾有聚过？只不过我们交付于时光的那抹心思，终究是太过于认真。

还记得那句“有些事情只可认真，不必当真”的体悟吗？顷刻之间，有情的众生早已将自己融入那盏茶之中，以水的灵性滋润着人我的那颗心。

我离开得太久。师父依然在那里如如不动，而你却早已不知踪影。不知道我这盏茶的悉心沏就，是否能让你蓦然回首？哪怕是一位过客，这盏茶，依旧会为你留着。

如此，静好！而你我都很慈悲！

我是在去年春暖花开的季节离去的，回来的时候，早已到了深秋期盼的季节。四季轮回，人间才是最大的道场，这一番历练，这一番随缘，路过的原来是终点，也是一种新的期盼。

如果有人问我，这杯茶喝不够吗？你让我如何回答，我喝的不是茶，而是与师父喝茶的时光。我怎么会厌倦这时光，况且师父还在，你在，我就惜缘！

淤泥的世界走了一遭，回来的时候，是否满身的尘埃，或是满眼的迷离？起初我以为自己早已是初心不在，路过哪里都带上满脸的尘埃，自己的那副肉身随着岁月的悄然无息，已经是疲惫不堪。肉身的觉醒，终究还是需要漫漫的长路。

有人问何地非真境，何物非真机？流水一湾，芳园半亩都是一部无字经卷，一切的美好离不开如云似水心，更少不了心如碧海的那份坦荡与淡然。当然，我也曾以为附庸风雅便能不食人间烟火，可曾想过，烟火一直都在，你我不曾离开。一呼一吸之间，尚且不离世间，人的觉悟亦是如此。

壶中有尘世的水，灌溉着众生的有情，翻滚中酝酿着世间种种的味道。我知道你一直在等待着某人的到来，享受这喝茶的时光，嚼味之间，仿佛是在与生命对话，到底是一片茶叶的故事，还是你我的故事？在齿与唇之间，茶的洗涤，茶的滋润，仿佛在酝酿着人间剧场的戏码，如此的荒诞，又是如此的滑稽。沧海桑田换来了一声笑，回首之间，相忘江湖无非走到淡泊的世界，用一盏茶的温度来替代这炎凉的世态，不抱怨，不盲目随从，便是茶中的涓涓清流。

“今古文章，只在苏东坡鼻端定优劣；一时人品，却从阮嗣宗眼内别雌黄。”殊不知，东坡阮籍再厉害，博古即可，通今显然无法触及。灵天下有一言之微，而千古如新，日月运转，客主更换，千秋岁月一盏茶，茶和水的真理是永久不变的。承古人之言：闭门阅佛书，开门接佳客，出门寻山水，此为人生三乐。山水人间，我相信壶中也是有山水的，流淌在壶与杯之间的水，诠释了必入世者，方能出世，否则空趣难求。喝茶知味，认识自己的本来面目亦是如此的重要。

每个人都知道如何看清这个世界，如何看清对方，但是他们都忘了如何看清自己。真心一颗，方能点化俗情、摆脱世故，与师父喝茶的时光，处巧若拙，处明若晦，处动若静，如此，清净无净，欢喜自在。

这一转身，我蓦然回首，轻轻地告诉你一声：我来了，请喝茶！垂帘少顷，沏上一盏茶的工夫，说说与师父喝茶的时光。

如此酝酿，一盏茶水见师徒

正是午后慵懒的一抹阳光沏就了一盏茶的时光，午后犯困本想小睡，没想到一盏茶的滋润，居然打发了几分睡意。

这两日，随着几分暖意，总觉得时节的变换，当真能让周遭的一切有变了几分的感觉，我知道这是我的情绪所致。日子如水一般，清淡自持，一切的转换与轮回，大抵就是一个人的欲望使然。道友来访甚是欣喜，茶间畅聊，无非是杯与水的因缘，世事也不过如此。蓦然想起白居易的《太行路》一句，“行路难，不在水，不在山，只在人情反覆间”。

茶还是器皿内的茶，水还是一方水土的水，只不过是时光暗换，沏茶的人和茶客随着时光的流逝也在不断地更换，云浮水流，人和茶一如这般道理。“观世态之极幻，则浮云转有常情；咀世味之皆空，则流水翻多浓旨。”浮云是否有意，流水是否无情，都不是外缘，而是看自己的那场心思。

壶中乾坤，茶中百味，之所以有人能说“禅茶一味”，倒不是真是只有一味，而是容纳了世间的百味，最终心怀太虚成就一味圆融。师徒亦是如此。曾几何时，感慨过师徒是茶与水的约定，如今杯盏中的茶水交替不知春秋几载，亦是如此认为，不增不减。

“有作用者，器宇定是不凡。有智慧者，才情决然不露。”任何一层关系都不会无缘无故，我想师父亦是大成就者，成就徒弟大器晚成，一如茶壶，蕴福德在杯盏之中毫不外泄。一盏茶，有人看的是春秋，于我而言，看到的却是一场传承。

原想着不就是一盏茶的沏就，何以来的百般回味，可是造化神功，事物大多都是润物细无声。一盏茶汤春色有无，并不在于着相，微雨如酥，草色遥看近却无，茶和人的递进之间一如这般，遥遥相看却镜花水月，有时候曲径方可烟深，茶香才知水温，无心也能体味深情。

万般道理，想到如此才觉受用，最终不过是茶与水的纯粹让自己幡然醒悟。山水开示莫过于此，“山穷鸟道，纵藏花谷少流莺；路曲羊肠，虽覆柳荫难放马”，这是万物遵循的客观规律。但是师徒犹如一盏茶、一壶水的沏就，酝酿的时候切莫含蓄，舒展的时候切莫回避，出师有道，自有传承，才能成就一番滋味，一番山水。《六祖坛经》曾言“无师自悟，尽是天然外道”，如此说来，世事浮躁，虚幻太多，众口难调，早已无径可寻。茶与水的沏就能汇聚五蕴之身于茶桌之上，弹去浮躁，调伏内心，本是一场不可思议之事，细细想来，沏茶者悉心冲泡，流水之中细致入微，都是有迹可循。手底真章，如此时光浅尝一口，是情理之间的相容，也是师徒之间的坦然相对。

茶皈依了水，便有了茶道；徒弟依止了师父，便有了加持。水成就了茶，一如师父加持了徒弟，一盏茶与水的邂逅，调伏了茶客唇齿之间的百味掺杂；一场师与徒的结缘，延续了觉者的自觉觉他。

如此酝酿，自有滋味，有缘之处，一盏茶水见师徒！

灵峰蜡梅，
彻骨寒香入茶香

—

初闻蜡梅香气，是在北天目灵峰讲寺的池水边，不经意间相遇，只觉隐隐香气，不知从何而来，香得极为含蓄，平添了江南腊月的几分生气。山寺的僧人告诉我，这是寺里的蜡梅。如此傲骨香气，在岭南是极为少见的，“凌寒独自开”自然是极品尤物。

说来灵峰讲寺的蜡梅，究竟是少有人群惊扰，在山寺的一角，与杏黄色的院墙遥相呼应，反倒清净。

师父告诉我，寺院的这两株蜡梅有些岁月了，打他来寺，梅花凌寒每年都会如约而至，虽然鹅黄色的花瓣不怎么显眼，在雪景之中，却难掩香气。

我想着，天青来雪之际，可以看看寺中蜡梅的风韵，果不其然，天公作美，风起之后，寺中的蜡梅凌寒而开，香气毫不含蓄地流动在瓦舍之间，难掩本色。

毕竟是山寺的蜡梅，盛开在竹海之中，除非香客打扰，开放得倒也是清闲。如此清幽的蜡梅看着让人爱怜，原本是想折一枝回寮房 * 瓶中供养，却想到“花开折易成长难”的诗句，便不敢那么糟践，终究是忍住自己的那颗索求之心，踏雪而归。

* 寮房，寺院里僧人的住房。

大雪未化，才围炉几日，寺中的蜡梅竟然零零星星，不用思索便知是被人折去，没想到自己的不忍还是没能留住寺中蜡梅。一日午后沏茶，竟然在师父的案头看见蜡梅白茶，虽然只有少许，但是蜡梅的香气和白茶的茶气竟然如此默契地融合，飘散在整个房间。我问师父蜡梅白产自何处，师父告知是自家宝，才知道原来寺中蜡梅被师父拿来做茶了。

蓦然想起，在《红楼梦》中，妙玉的陇翠庵梅花甚是让人惦记，可怜寺中门锁，世俗之人只能垂涎寺中梅花，远观不可亵玩，众人让宝玉入寺祈梅，方得妙玉赠梅三两枝。听过很多人点评妙玉吝啬梅花一二，今日闻得自家蜡梅白香气怡人，忽觉妙玉如此，想必也是爱物之人。

师父自然慷慨沏茶，但自己因身体原因，不敢眷恋这杯中的蜡梅白香气，不想早已被蜡梅白的香气熏洗了。唇齿似乎在蜡梅白的洗涤之中，一股清幽的淡淡的香气在通身上下渗透。

这杯蜡梅白喝过之后，念念不忘以至于心有挂碍，想着来年的时候，寺中蜡梅再度开放，也和师父一起采梅做茶。可曾想到，寺中蜡梅，究竟是经不起世俗的挂念，习惯于寺中清修的蜡梅，连我这山中僧人的挂念也无济于事，两株蜡梅竟然死于根部，而旁枝斜逸的那株也没有要开的迹象。我的这份心思，不管是对蜡梅还是蜡梅白茶，都顿觉惋惜。

师父说每年的蜡梅白产得极少，今年自然也会有，只不过不是寺院的这两株蜡梅了。去年的味道，在口中回味着，不知桌前的留香杯是否能留住去年的蜡梅白香气，想来也觉得可笑，只不过是这份挂碍偶然也会颠倒想法，得不到的永远是最好的。

丙申年临近年关，天青雪未来，岁末新春，寺院的那株小蜡梅虽然开放，但是香气不似之前扑鼻而来，忽然想起师父早先的一句话“只因未经彻骨寒，春梅不及蜡梅香”，果不其然，缺乏凌寒独自开的傲气和彻骨寒的那份香气，自然也逊色了几分。

经此一事，我似乎特别在意山寺的梅花，偶然见仁皇山的仁王护国寺后的梅花开放，不禁感觉应景，便问师父为何仁王护国寺的梅花不做蜡梅白，师父一语道破：灵峰蜡梅香而不艳，仁王蜡梅艳而不香。估计是做茶如做人，极其讲究，色香味也是各有千秋，个中理由，岂是我这个单单爱茶之人能够知晓，也没深问。

梅花再开，可惜不是他年之人，原想寄居山寺本是欢喜之事，不想如古人所言大地亦幻，让我惺而常寂。若再有前缘闻得蜡梅白的茶香，真是他年共浴珍池水，不负灵峰彻骨寒。

竹溪僧行，隆庆庵中山水茶

—

直至岁末，仍不见江南水乡的银装素裹，想着踏雪而行必定是落空，眼看到了年关，阳光也极为慵懒，便被师父叫去，一同行至安吉天荒坪的隆庆庵古寺。

山水情深，本是寒风凛冽，草木凋零，满山的竹子甚是修长挺拔，显出几分绿意。虽然不是一抹新绿，在这年关的色系之中，倒也显得别具一格。

自古佛门以茶待客极为常见，本想着踏山而行，必定不负山僧半日闲的盛名。云烟影里见真身，竹林僧行，台阶少有人行，青苔微露，必定隆庆庵寺门清幽，从这山水草木的闲情之中便可判断。不负所望，寺中尼僧一如山水草木安然静好。

言有尽而意无穷，隆庆庵中的茶大抵如此了，虽为清淡，茶味在山水的孕育之中，也不失钟灵毓秀之本色。人间虽然多味，但山水之情自有真味。

云烟影里见真身，始悟形骸为桎梏；禽鸟声中闻自性，方知情识是戈矛。心性如同这杯中的茶性，泾渭分明。你我终究是心有挂碍，虽说明霞可爱，流水堪听，却转眼辄空，过耳不恋，但是有时候付于一杯茶的时光之中，终究是太多的不舍。贪恋这杯茶的美好与世味无法自拔，直到伤痕累累，才学会乖了，对这杯茶也学会了适可而止。

太过于执着，怎能做到无忧于心？想想宠辱不惊甚是难得。也不知怎的，在山涧竹林、古寺杯盏之间，我将一片明月之心交付于山水之间，竟然有这般感慨。真不知是这盏茶的一尘不染让自己得以开明，还是在世俗中的千杯过尽，让自己满身疲惫才有了这般心思。

我不知道是我太久不曾拥有与师父喝茶的时光，还是一个人在寮房过于慵懒，经不起别人一盏茶悉心沏就的感动，胸中估计有尘埃，忽然被沏茶人的那杯山水洗涤，方才觉得这一切皆有味道。不禁想起前几日案头翻书，喜得一句箴言："一勺水，便具四海水味，世法不必尽尝。"

"一杯清茶道汉唐"果真不是夸张，世界极于大千，在溪行山寺之中，若是无福之人，必定从杯中滋味生出他想。流水云在，月到风来，山中光阴易过，一晃就是半日之闲。流水沏茶，人影斜疏，自是悠然自得。

不过，甘苦并存，有些人看似云淡风轻、自然安然，殊不知嚼味多少甘苦，历练这般如云似水，悲喜亦是如此。如果我说这杯茶的味道也如同这般，不知再来的茶客是否也能如我这般小坐半日，听师笑谈呢？

岁行尽矣，寺中灯火青荧，隆庆庵中一杯清茶得此小趣！

顺应一盏茶的宿命搁浅

—

说来春困，总是无心室外的事物，懒懒散散的几日，心中无事，倒觉得日子过得轻巧。我看看阳台上的兰花，这几日开得分外精神，在雨滴中优雅绰约的样子，让我不由得想起了韩愈的那首《幽兰操》，当真是“兰之猗猗，扬扬其香。不采而佩，于兰何伤”。

素爱兰花的幽香，却养不好兰花。每日早起，得了便宜般用手轻轻触碰从兰花中溢出来的兰蜜，若隐若现的甜留在唇齿之间，一如兰花的香那般幽幽。身边的朋友倒是非常会选择地方，择几盆兰花置于茶席间，花香比焚香沏茶的那股香气，更让人内心澄明。铺在盆景中的青苔，绿得让人欢喜，就像是禅堂的寂然无声里，多了一抹充满了生机的绿，兰花静静地在那里安坐，体悟着什么。

兰花的心思，我怎么能够知道呢？只不过是我一厢情愿地把自己的那份心思寄托于春雨中沐浴的兰花。花草有花草的语言，一如一片茶叶遇到水那般，不同的唇齿，不同的茶客，所诠释的语言都是不同的。

似乎下雨除了看书和喝茶，已然没有什么事情好打发了。外面的山林小道，早已变得泥泞，雨从屋檐下滴滴答答个没完没了，就像是从盖碗倒茶至公道杯那般，最后几滴总是舍不得离开盖碗的边缘，悬挂在那里。仿佛是那最后的几滴，酝酿着一盏茶的茶香，分外晶莹。

当一盏茶喝到最后，茶味早已不重要的时候，那抹岁月静好的心思变成了你我向往的主题。山居岁月的日子，全都要感恩这如同牛毛的春雨，让一个人置身在室内独处，是一种磨炼和考验。孤独的深处能变成寂静，我想这不仅仅是一盏茶带来的恩赐，同时一颗如茶水般的心，愿意与之沏就，才是最重要的。

《六祖坛经》中说："心平何劳持戒？行直何用修禅？恩则孝养父母，义则上下相怜。让则尊卑和睦，忍则众恶无喧。若能钻木取火，淤泥定生红莲。苦口的是良药，逆耳必是忠言。改过必生智慧，护短心内非贤。日用常行饶益，成道非由施钱。菩提只向心觅，何劳向外求玄？听说依此修行，西方只在目前。"一盏茶在心平处完成了茶叶的味道，在接纳水的过程体现出自己生命的本怀；一片茶叶全然相信那位沏茶的人，将自己的味道交给沏茶人去酝酿。也正是源于这份信任，这盏茶在千杯过尽之后，仍能让人挂怀，以至于在柴米油盐的琐碎之间，在琴棋书画的高雅之中，这盏茶就像是茶室的兰花一般，不采而佩。

似乎今年的春季周期特别长。早春的干燥经历了这一周的春雨，不仅让人欢喜，自然的那一抹新绿也告诉了过客他们的欢喜自在。本应该早早苏醒的嫩叶，这几日在春雨的召唤之下，才露出了尖尖角，就那么一点点地探头而出，惹得人心中平添了几分暖意。或许这就是我喜欢茶水之中那抹绿意的原因，似有似无的感觉，草木总会告诉我，不要忘记自然的规律和季节的更替。

我们顺应一盏茶的冲泡，我们顺应一件事实的本来，其实我们更需要顺应自己与自然的对话。不仅心灵需要去适应，肉体也需要适应自然的变化、四季的轮回，如此一来，生命在不同的阶段才会有属于这个阶段的主题。当一片树叶变成茶叶的时候，它给到我的震撼是这片树叶顺应了自己宿命的劫数，于是便有了茶。有时候顺应了，一切都自然了。

山居岁月，在一盏茶中醒来

昨夜入睡前竟然忘了关窗，一早被各种鸟儿的鸣叫声唤醒，虽然窗幔垂下，但是能感觉到外面不曾下过春雨。还没来得及穿衣，便脚落地，打开房门，一阵温润的空气扑鼻而来，浅浅的草腥味，甚是让人舒服。我煮上水，洗漱了一番。山居岁月，不想如此安好！

每天与水的接触就从这一刻开始。不管是水也好，还是人也好，有人试图湔洗前罪，如赐重生，我想是一个人知道了忏悔，才愿意去悔过，有时候觉得挺有意思的。人每天以水洗面，是否一如苏辙所言“清风皎冰玉，沧浪自湔洗”？于我而言，每天除了以水洗面，一盏茶水的洗涤，也湔洗了昨日的尘埃，仿佛当唇与齿接触到茶水的那一刻，一个激灵就唤醒了昏昏沉沉的肉体。

我焚香静坐，借助晨光打开了《金刚经》，在经书中“还至本处；饭食讫，收衣钵；洗足已，敷座而坐”。在一卷经书中，伴随着茶香，体悟《金刚经》中“若有想，若无想；若非有想，非无想；我皆令入无余涅槃而灭度之”。一盏茶唤醒了肉体的沉睡，一卷经书指归着心灵的皈依。

《金刚经》说“应如是住，如是降伏其心”。在鸟声中心内世界变得祥和，是否是一种降伏？在抽芽的新叶中内心明净，是否是一种降伏？在滚滚的茶水间洗涤唇齿，是否是一种降伏？我拿起手中的杯子，掌心处一股暖流，我在想当年须菩提是不是也如同这样问佛陀的？

“菩萨于法，应无所住行于布施。所谓不住色布施，不住声香味触法布施”，佛陀说布施，我想鸟儿的叫声唤醒了沉睡的肉体，是否就是一种布施？在睡梦之中，唤醒了名利之客；一盏茶的沏就湔洗了梦中留下的尘埃，是否就是一种布施？肉体的风尘，被一盏茶拂拭。

一日的觉醒就在此刻，那么一生的觉醒是否就在此时呢？我用茶水润着自己的唇与齿，在经书中不知道于此章句能生信心否？当盘香化为灰烬，一盏茶喝到见底，一卷经书诵读到了回向，豁然领悟到“如筏喻者，法尚应舍，何况非法”。

我见茶味犹在，在壶中续上水，烟气缭绕上升，忽然看到门上的一副对联，是师父年前亲笔题的“云外倦客常驻霞，院内禅门恒不锁”，横批是“鹤鸣云乡”。想来，虽然小院所承载的空间亦如壶中的山水，但是这陋室的欢喜和少欲无为，可不是能和鹤鸣云乡相比拟么？这盏茶，我喝到了世外桃花源的感觉。

红茶性温，一早我便不自觉地喝上了几盖碗。山居日子虽然静好，难免湿气过重。虽然贪恋清晨空气的清澈，但是久开门窗，房间难免侵入潮气，即便是不舍窗外的清新，也要适可而止。与我、与人我之间的关系而言，必当如此，有分寸方可持久。

大抵就是这一番道理，简约的饰物永远点缀在最重要的位置，看似平凡，却在不经意之处泛起微澜，让人感叹其宠辱不惊！山居岁月一盏茶，除了浮生半日的那股闲情，独处的自我反省方是最值得回味的！

草木有情，
杯盏中岁月无惊

茶几前翻阅了《指月录》，半日时光，不想“青山影里泼蓝起，宝塔高吟撼晓风”中的“泼蓝”意境无法领略，苦思冥想不得其果，当真是根性尚浅，无法知晓其中味道。

说来也是，悟性这东西就像是茶客们在茶与水之间附庸风雅，然后论起禅茶一味，究竟是哪一味，少有人知。若纠结其中，反倒误了茶的本味，如此想来，暂且放下书，看天色渐晚，院中蝉鸣，不知道为何，竟然想为之置一席茶席，为之心动。

就在此时，窗外落雨了，虽然不大，到底是湿了石磨，墙边上的干树藤，竟然像活了一样，越是如此，越是想沏一盏茶水，将自己滋润其中。

不知道喝了多少杯茶，谈了多少书中春秋，竟然还是觉得人间百味在一杯茶中一饮而下，终究不能通晓人情练达之理、世事洞明之情。茶见日而味夺，墨见日而色灰，其实人亦是如此。时光的一去不复返如同流水沏茶一般，只有不断地注入新茶，才能不使杯中索然无味。但是人事左右，岂能自在，凡事分寸，难分难舍，更是难以把握。

我根性尚拙，岂能懂其中的道理，顶多清闲，管他门外车马之尘滚滚，了不相关。或在一杯茶中，邀请两三人捉尘清话。自是喜欢纯粹喝茶之人，更是喜欢不请自来之客，敢情这雨后的茶席，像是有准备一般，茶刚入味，就有山僧踏着茶香而来。

有人说山寺清冷，于我而言，荒凉之地，殊有清旷之致。荒凉的从来都不是山野，而是人心。世风日下，昔日天然寂静、怡情适性的地方，早已不是什么曲径通幽之处了，喧闹如嚣尘。而今，学着闹中取静，也不乏各种滋味。

我们在一盏茶中随缘笑谈，一如这置好的茶席一般，门开杜径，等着有缘人讨茶，能来者，唯有羊裘（羊裘公，古代隐士）。一泓溪水，一盏茶香，刹那相逢，转身错过，不过是一盏茶的惬意。但是有些人就喜欢装腔作势，自视风雅，殊不知栽花种竹，未必果出闲人，对酒当歌，难道便称侠士？有人自称清高，但清高之士，哪里会自我标榜，不过是偶尔闲置，一杯清茶罢了。

所以，我素爱在一盏茶的时光中将自己返璞归真，简单自持，才能与各位茶客们相知。心中有沟壑，话语间便是万丈深渊。与其揣度，不若将一盏茶的味道喝到极致，也在一盏茶的滋润中恩赐自己。山中寂静，与法师闲庭茶叙，经纶之中拨开明月，无事自是欢颜。他人之事，无非是戏，一如飏谷投响，过而不留，是非俱谢。

刹那相逢，转身就迟了。杏黄色的院墙之内，打发笔墨春秋即可，他人纠缠之事、口舌之非，无非是半轮新月数竿竹，千卷藏书一盏茶，人的精力毕竟是有限的，需学会随缘和顺缘。悠然翻阅书籍，悉心沏就清茶，既然无处有清净，不如让心境如月池浸色，空而不着，则物我两忘。

和风淡月，估计也难完全做到是非俱谢、物我两忘，但是内心素雅、少欲无为之人，都可在一盏清茶中洗尽五年尘土肠胃。有师教诲，一派山水清音。

与师父喝茶，直心是道，一盏茶沏就行云流水襟怀。炉中茶香，时拂天风，在岁月欠安的纷扰之中，少些套路，在一杯茶中本真对待，你我心无增减，不必为他人的纷扰困惑，更不为不相关的是非困惑。流水门前，在他人处处多心的日子里，学会在一盏茶中安稳你我。岁月无惊，草木有情，贵在将一颗七窍之心归隐。

良知真切，
草木人间共话无生

—

杭州早已是丹桂飘香，菰城湖州却没有任何桂香的讯息，听山下的朋友说，湖州属于浙北，当然要比杭州的桂花香得晚。中秋刚过，几场山雨并没有要停的想法，不等花香，花朵早已落得满台阶都是，虽然雨中夹杂着淡淡的桂花香味，若隐若现，但还是不如风和日丽下秋风夹杂的香味，来得直接和坦然。

病中将养，加之山上湿气过重，难免睡眠轻浅。有心再闻丹桂飘香，天公却不作美，泥泞山路尽得丹桂点缀。师父告诉我，煮上那可以去湿气的老白茶，喝上几杯，便能觉得通身舒服，大抵我也是知道的，想来山上的茶壶经久未用，也是时候派上用场。

其实煮什么茶，用什么水，在此时此刻已经不重要了，重要的是因为师父的这句话，才觉得这茶煮来有意义。山居岁月，莫不过清闲二字，只不过很多人却磨不过这二字的考验。有些人所向披靡，有些人却生活得不知所踪，打哪里来，要到哪里去，这些形而上的东西自古以来大家乐此不疲地追寻，道理瞬息万变，真理却永恒存在。我在清洗着茶壶，窗外山涧石头上的流水，使我想起《红楼梦》中“我所居兮，青埂之峰；我所游兮，鸿蒙太空。谁与我游兮，吾谁与从？渺渺茫茫兮，归彼大荒”，原来你我如一片茶叶这般，都在鸿蒙太空之中洗涤和历练，在尘世的浸泡之中清净无净。

在与师父聊天的时候，师父说我现在住的地方，以前杂草丛生，两年前发心在这里建寮房。虽然地势高了一点，每天都需要爬坡，但是屋檐在竹林之间若隐若现，在走廊向山下眺望竹海茫茫，与茶山互相呼应，这就是最好的山居日子。

这样的画面当真有种“深山藏古寺”的感觉，想着在半山腰的寮房，我又想起了“云半间”，云中半间房，浮生半日闲。“心无止息，百忧以感之，众虑以扰之。若风之吹水，使之时起波澜，非所以养寿也。大约从事静坐，初不能妄念尽捐，宜注一念。由一念至于无念，如水之不起波澜。”在这世上，多数者时起波澜，鲜少妄念尽捐，当我把茶置入壶中，顿时觉得《浮生六记》中“宜注一念”，当真是念念相续，念念无念。

山中半日说浮生，一壶茶跨古今对话，我想，也只有与师父喝茶的时光，寂静安然，有无穷恬淡之味，而我才能在与世共用的大愿中知味。

沏一盏茶，缘起何在，起心动念之间如影随形。王阳明先生曾言“只要良知真切，虽做举业，不为心累”，世事如此，一盏茶亦是躲不过其中的道理。草草木木无非就是人间剧场，有时候很多人都是昧着良心演戏，演着演着就忘了真假，真作假时假亦真，到头来磨砖作镜，积雪为粮。

一切世味，皆生厌心；一切世缘，皆生悲想，奈何颠倒不自痛悔耶。佛经言“远离颠倒梦想”，不免在一盏茶中，与师父共话无生，而生趣始得。

味道尚存，来时莫徘徊

一

风吹过廊下的时候，我听到了落叶从廊间划过的声音，轻浅的午睡就这样被吵醒了，顿觉头重身轻，昏昏沉沉之间口中无味，便想到了沏一盏茶来滋润喉焦唇干的自己。虽然如此一想，但是有时候自己一人喝茶，一切从简，沏一盏茶都是随便打发，实则是懒得动弹。

我正想着是泡茶还是煮茶，悄没声地来了信息，阳光正好，不请自来的法师也是小睡初醒，想一起喝茶清谈把盏，便自发在茶室煮上水，法师带上了自家的新茶，尝个新鲜。当下正合我意，况且有沏茶的人，亦是一件自在的事情，倒省了自己动手。

法师带的是今年新采摘的福鼎白茶，散放在圆形的茶叶盒中，还透着一股新叶的香气。叶片虽大但是片片均匀，个中绿意，似乎还能感受到中秋的倦意也抹不去的夏末盛气，一片叶子的成色在午后难得的秋色阳光中，一如人的岁月积淀一般，浅浅看去，便知道年岁几何。

虽然是新茶，法师沏茶的时候，这些新叶依旧能承受滚滚的茶水灌入，在滚水的滋润中，一如睡后醒来舒展身体那般逐渐精神起来，盖碗中的茶叶在沸水中变得翠绿欲滴。

原以为只有老茶才经得起开水的冲泡，不想生命的张弛有度是不分老少的，似乎万事万物都一如人心那般，面临巨变时本质仍在，才能在阡陌纵横中保持坚劲。这是一片茶叶的本质，也是一个人所要具备的本怀。我想这亦是白茶抗逆性强，耐旱亦耐寒的原因所在，也正是如此，秋季和冬季喝老白茶驱寒，是最佳的选择。

我看着杯盏中的汤色，茶水呈黄绿色泽，极为可人。不知不觉中，初醒时的惺忪也渐渐消去，杯盏间的清谈，才知道此去有意。一盏茶的沏就看似简单，但是要看沏茶人的起心动念，当真是当下的一期一会，我不曾想到，今天喝的这盏茶竟然是一场道别的茶。

看着洒落在窗格上的午后阳光，如此懒散，我竟然没有察觉到半点的离别之意。再端详着杯中泛黄的汤色，像极了夕阳西下的渲染，我想起了弘一法师的《送别》：长亭外，古道边，芳草碧连天；晚风拂柳笛声残，夕阳山外山。天之涯，地之角，知交半零落；一杯浊酒尽余欢，今宵别梦寒。长亭外，古道边，芳草碧连天；问君此去几时还，来时莫徘徊……一盏茶，竟然喝出了落日余晖，我知道这是我的爱染使然，当我从这盏茶中醒来的时候，这位沏茶的人和眼下的午后时光，并非是我想象的那般。

泉水之所以能够清可见底，是因为并非一泓死水，而是常有活水的注入才可映照一碧苍穹，水尚且如此，更何况是人？“问渠那得清如许？为有源头活水来”，法师此行远去深造，如明镜一般之举，我想理当随喜赞叹我喝下去的这杯茶，但是我这颗心还是有些许的不舍。

我知道天底下无不散之筵席，但是感恩还有挥手告别的机会，这是一盏茶的恩惠，倘若不是心系这盏茶的滋味，又如何理解归去是为了更好的归来呢？一片茶叶不仅仅能喝出滋味，还能喝出聚散离合的无常变化。

不同杯盏，不同滋味，倘若此刻让我说出这盏茶的味道，想必念想的滋味更让人悲欣交集吧。当这盏茶香过罢，味道尚存之时，唯有此句相送：问君此去几时还，来时莫徘徊！

若他年再见，且记住当下这盏茶的味道，如果时光不曾冲淡，再续一盏茶香！

山寺清幽，立春盘中养正茶

偶得立春消息，不觉时光在不经意之间匆匆而过。不知是不是心思使然，听闻已立春，仿佛周边的风都改变了味道，似乎唤醒了许多生命。

冬去春来，是自然的轮回，也早该换茶了，拿出私房茶，想着东风解冻，不求茶能泡出春的消息，至少能闻到自然的味道，这想必也是一件喜悦之事，并不强求，若有不请之友，更是清茶一盏，随缘自在了。

古人在立春这一天，用蔬菜装盘馈赠亲友，并起了一个极为喜庆的名字，叫“春盘”。山寺清净，一切都是简约，自然不能仿古人，唯有清茶最为奢侈，虽不落俗，但恒顺众生之愿，以瓜果鲜蔬为茶点，是再好不过的事情了。

“春日春盘细生菜，忽忆两京梅发时”，杜甫曾因避居成都迎来首个立春，遥望朋友赠来的春盘不胜欣喜，一时想起了当年在长安的日子，可是时光不复返，人世多无常，空留感慨和想念。想着再过不久就能看到山花烂漫，不禁感觉几百年前的“两京梅发”一如这寺门之外的山头春梅，不减姿色。

临窗沏茶，“半叶舒而岩暗，一花散而峰明”，窗外有景，窗内有茶，再看席间，不知是谁打理得如此细心，瓶中插花，盆中养石，虽然是寻常供具，却都是关乎幽人性情之举，倘若其中了无生趣，又如何能布置得如此细致呢？

虽说立春之日天气略暗，但是如此节日难得这般欢喜清净。偷得浮生半日之闲，清淡自持，幽堂昼深，清风忽来好伴，或许立春的消息带来了山林自然的不请之友。

沏茶翻书，一半是自己翻阅，一半是清风阅读，殊不知茶香滋润，也开阔了眼界。蓦然感觉，独处自持是每个人要面对的一关，很多人孤独的时候想坠入繁华处，当身处繁华之地又想回到清净无净之居，如此折腾，了无生趣。

果然是好茶，墙内墙外的世界都在一盏茶中沏就，在唇齿之间的开示，勤身营务，以自给济，看着这杯茶，从个中味道里参悟本有的滋味。一盏茶不过是一段时间的消遣，且放远看，人生在世如身处荆棘之中，心不动，人不妄动，不动则不伤；如心动则人妄动，伤其身痛其骨，于是体会到世间诸般痛苦。

茶的色相亦在不同的时段沏出不同的味道。人我的色相也是如此。以种种相、种种时、种种劫数而修诸行，努力修善，成就自己的味道去洗涤他人的尘埃，这是一盏茶的殊胜之处，也是一盏茶的愿力所在。

是法平等，无有高下。不觉数盏沏就，显然茶味略淡，知味如此，世法亦是如此，不应贪着才是长久。

古人辛勤，在立春之日种地早盘算，而今山寺清幽，且看资粮是否还在。洗涤尘埃，尘劳除尽，以茶观心，蒙以养正，知止知一。

仁王禅寺，
清茶入袖水中人

那日师父交代煮上清茶，原以为会有佳客到访，不想悉心沏就一盏老白茶，忽然翠微僧至，衲衣皆染松云。

外面雾气朦胧，空气中带着湿润。不觉欣喜，想着师父必是从山上而来。

自是在杏黄院墙看朝夕，即使是园亭池榭，仅可容身，也足以半生受用，山水有情，岂可辜负，想必此刻的师父便是最好的印证。青山绿水却不落空寂，返景入深林可以找到归处，当真是山林辽阔，不限人耳。师父亦是如此。有时候自己行到纷纭不系之时，师父的一番空云挂雨般的开示，自是一番自在随心。我也不知道从什么时候，嚼味在一杯茶水之间的开示，懂得了从善如流，尽管有时候明白这些道理，还是在不经意之处“旁逸斜出”，做出“莹以玉琇，饰以金英”之举。

美不需要过度的装饰，在于自然，其实不管是一盏茶的沏就，还是一个人的举手投足，都是美在自然和那份真正淡泊的随缘。

“修竹到门云里寺，流泉入袖雨中人”，自是一番超凡脱俗，不卷入是非之中。与竹同清，与水同眠，不觉是一番天地造化，可想心思坦然是何等重要。

师父问我茶是否已备下，我问师父何以这般眷念，师父拍打身上的林间水露，道一句“吃茶”，便让人在会心处、濠濮间想。茶室煮水，壶中沏茶，虽在山寺，白云意懒，偏来僻处媚幽人。难得与师父半日悠闲，也并非是白云献媚于僧人，如果不曾清净，更不会如云似水，连白云都在亲近僧人。

师父说虚心接纳，自身的味道不需要外加的言表，自然能找到怡心之人。会心之人便能领会师父在借茶言教，听者自然欢喜自在，法喜充满。我向来觉得一盏茶的虚心接纳，才会在山水轮回之间得到水的青睐，成就一番茶与水的善缘。人必当如此。

师父曾说：“不急之辩，不如养默；不切之事，不如养静；不直之举，不如养正；不禁之费，不如养福；不情之察，不如养度；不实之名，不如养晦；不祥之人，不如养愚。”师父自是博览群书，但这一句话的滋养，更有味道。虽然和师父身在这茶室的方圆之地，但是“斗室残经，石磬半沉蕉雨”，自是有一番惬意的景致。

记得岁末，师父在书房书写楹联，我借时光煮茶，将盛满白茶的壶放置在书桌之上，不想师父正在给我的陋室题字——“蹑云端”。我问师父这三个字何解，师父又送我一句“云外倦客常驻霞，院内禅门恒不锁”，横批是“鹤鸣云乡”，细细读来，不觉误把墨香当茶香。怡心至此，怎可辜负师父的这场用心？不由想起石屋清珙禅师的一首山居诗，其中“入此门来学此宗，切须仔细要推穷。清虚体寂理犹在，忖度心忘境自空”自有这番道理。

师父喝茶素来不多加讲究，但讲究起来还真有入诗的韵味、入画的美感，原来许多时候，师父看的是事物的本来面目，而非本末倒置，拘泥于形式。这才叫白云在天，明月在地，煮茶焚香，翻阅经卷，勘探人间。在一盏茶之间，尘心顿洗，俗念都捐。

山水清音，
一盏茶的工夫

—

朋友说他这几日有些许烦躁，估摸着是俗务过多，我让他得空来山上喝茶，不想他欣然接受了。说来就是一念心中的执着，心是万法的源头，起心动念之间，心生则种种法生。

他上山的时候，正逢一轮明月升起，伴着皎然月色，这盏茶也正在小煮。山风很是通透，果真是自然的声音，我在寮房等待的时候，山风早已将白日的喧嚣吹到了九霄云外。忽然想起古人一句“月色悬空，皎皎明明，偏自照人孤另；蛩声泣露，啾啾唧唧，都来助我愁思”。可此情此景，并非如此，当真是古人的叹息何以能理解今夕的转念？

我想着深夜多少有点寒气，煮上一壶老白茶最合适不过了。茶与水的交融甚好，一盏茶喝下，再温上一壶，汤色开始柔和，口感顿觉丝滑，在唇齿之间，老白茶绵绵之意，煮到这种心境，我想也真是难能可贵了。“山林下著书，花鸟间得句，何须凤沼挥毫”，陋室的茶香，荡涤在胸间，惶惶之中有些开明。“宇宙内事，要担当，又要善摆脱；不担当，则无经世之事业；不摆脱，则无出世之襟期”。既然拿起了一盏茶愿意去滋润心灵，何不将尘埃在一壶水中洗涤干净？

很多时候，我们明知道自己满身的尘埃，就是不愿意彻底清除，我们在困惑的同时，内心深处仿佛与尘埃难分难舍。茶间的直言不讳，犹如棒喝直截了当，既然是喝茶，就没必要曲径通幽。白茶的那股暖气直通全身，无声无息之间，早已驱走了深山的寒夜。

来来往往之间总会平添几分不顺，从而滋生几许烦恼，这是再正常不过的事情。“狂心顿歇，歇即菩提”，有时候总想着借谈禅论道放宽自己心胸，殊不知觉了一切法，当真犹如梦幻响。明白了，仿佛就是一盏茶的寻常工夫。

莫过于唇齿之间一句轻描淡写的话，莫过于一盏茶那么缓缓流过，有些道理明知道如此简单，行动起来，却是困难重重。我欣赏沏茶的时候懂得用过滤的人，知道取舍，必然是内心澄明之人，这样的人才知道取的是什么，舍的又是什么。有些人总觉得这些是多少年以来被人嚼烂的说辞，但是正如一盏茶、一碗饭，咀嚼数载，何以厌倦？以茶来明净内心的时候，知道自己不要什么的时候，一定也要明白自己要什么，但是很多人做到了前者，却对后者茫然不知。

山水清音，明月之心，一杯茶的恩赐拂去了内心的尘埃，好佩服说那句“我自无心于万物，何妨万物常围绕”之人，也赞叹“心如工画师，能画诸世间；五蕴悉从生，无法而不造”的境界。佛门茶事，古往今来历经了多少，云水堂的过客来了又去，去了又来，只有一盏茶停留在瓦舍之间，蕴藏在杏黄色的院墙之间，不问行人，只看因果。

流年似水，很多人认为自己是一座孤岛，他踏遍山河，忘却了脚下的路，出发的时候迷茫，回来的时候迷失，初心不在，何来长远？我真想在卑微的生命中，将自己的一颗心变得纯如水色，即使是曾经模糊不清地经过，在时间的沉淀中，也开始渐渐澄清。

那些冥顽不灵的人，都会像一盏茶那般接纳世间百味！

世俗的浊流中，
沏一壶清泉

难得放晴，整理陋室杂物，想不到几日的阴雨连绵，书架上蒙了一层尘埃。我看着师父在院内安坐，想必这阳光可人，见他面前的石板上有两本古大德语录，我想倘若有茶相伴，更是惬意了。

院外的飞鸟你来我往，各自都闲不住，仿佛远方的总是美丽的，以至于眼前的美好连被顾盼流连的机会都不曾拥有。我擦着茶炉，清洗着杯盏，壶中的水不觉已经翻滚，腾着热气。我碾碎了小块饼茶，置入盖碗中，茶叶在与水接触的一刹那，茶香扑鼻而来。是否一朵花开的时间也是在刹那之间？刹那间的美丽，尽管只是虚幻，但是很多时候，人与人的因缘，人与事的机缘，不都是在刹那间成就的么？

“调性之法，急则佩韦，缓则佩弦；谱情之法，水则从舟，陆则从车。”茶中就有平衡之法，让我们学会顺其自然，行到水穷处，坐看云起时。水能载舟，亦能覆舟，我喜欢水的两面性；于茶而言，如水一般，我亦欣赏茶的两面性。

走过这么多地方，觉得爱茶之人最是长情，他们痴迷一盏茶的明心见性，他们钟情一盏茶的如月清凉，他们更是素爱一盏茶的况味掺杂。我将一盏茶递于师父面前，不想不经意之间看到书中的字里行间，所言：“万事皆易满足，惟读书终身无尽；人何不以不知足一念加之书。又云：读书如服药，药多力自行。”倘若读书使人明心，那么一盏茶的味道是否能使人见性？“鸟声啼足忽飞去，门掩绿阴清昼闲”，天地何其辽阔，让我觉得这一切仿佛都来之不易，美好的事物太短暂，而我们珍惜的又太少。“机息忘怀磐石上，古今尽属蜉蝣”，有时候我们奢求的长久不过是为了一时的快感，奔波行走最后让自己纠缠其中，难以脱离，尘心杂念抛除，就是超脱。就像一片茶叶遇到了水，从此茶便在枯叶之中被唤醒了，它在水中超脱，摒除世事的纷扰，只为成就自己的味道。

世间之事无非是人事，书的背后是人，有时候不愿意出去，其实就是不愿意被纷扰的人事左右，宁可为一盏茶辜负时光，也不愿在人事之中将自己消磨殆尽。多少事情我们可以去计较，又有多少事情我们可以算计得明白？人在孤独之处最容易看清自己，当我们不知道这壶水能沏出什么味道的茶之时，坦然就是最好的面对。在一盏茶的时光中，收服心猿意马的自己，有些人在舍得和舍不得之间取舍的时候，我觉得学会给自己退路才是最好的选择，“身后有余忘缩手，眼前无路想回头”，一杯茶忌讳倒得太满，人也是如此。

喝茶的人，最忌讳的还有一件事情，便是应付。有时候我们习惯应付一个人或一件事情，便草草了事，一盏茶无关人事，虽然流水之间不曾有任何言语，但是你的态度，茶读得懂，当你应付茶的时候，随之而来的也是茶在应付你，这是必然的，也是必须的因果，不曾放过谁，也不曾饶过谁。

爱茶不仅仅是一种向往，更是一种心灵的指归。在一盏茶中，直心是道场；在一盏茶中，学着在如同浊流的人事中保留自己的一线清泉。

一杯红茶，在肉体痛楚中唤醒觉悟

—

我从浑浑噩噩的睡梦中醒来的时候，已经是凌晨五点。我是被屋檐下的廊风给惊醒的，过道的风挤在门缝之中，那声音当真像极了反抗者撕心裂肺的声音，我在想，山林茂密，何以山风这般猛烈？

昨夜的睡眠轻浅，多半源于老毛病又犯了——胃痛。起初还不觉得什么，只是隐隐地痛，我想着是不是白天喝了安吉白茶的缘故。按说以前喝这绿茶也没这般大的反应，顶多影响睡眠，所以自己一向小心。但是这一次的胃痛作怪，我在床上辗转难眠，竟然到凌晨两点才进入浅睡眠状态。

醒来的时候，我简单地洗漱，做完早课找了点粥喝，全当是暖胃，果真有些效果，但不能药到病除。身体好像被什么拖着一样，越是如此，我越是坚持拖着沉重的身体在寺院周围散步，早上的空气在树与叶之间，显得一派清新。

回到寮房后，已经是满身大汗，还有些喘气。寮房门口的风竟然没有昨夜的大，吹得人身上都酥了。我忽然想起红茶可以暖胃，索性把烧水的壶都搬到了门口，放置在凳子之上，临时将凳子充当茶桌，然后从书架上找来了一本素日翻阅的《小窗幽记》，等待着壶中的水烧开。

恰巧，壶中刚冒着热气之时，屋檐外的雨就开始下了起来，这几日天气反常地热，终于迎来了雨滴的到来。我看着雨滴不似牛毛春雨般，才反应过来，时下春季已去，只不过自己还没有意识到。

雨下得不大，茶也泡得不多，味道刚刚好，毕竟是一个人饮茶，并没有李白那“对影成三人”的意境和心境。当下泡的红茶，只不过希望喝下去的时候暖暖肠胃，通过红茶的温性，让自己的肠胃舒服一些罢了。

实则没有心思看书。一杯红茶在廊风的吹拂下，显得与这个时节有些不符合，毕竟大家都在争相喝着新采的绿茶，希望在一杯新茶之中找到生命的新机。但是我知道自己不具备接纳新机的底子，如此一说，与人、与事、与茶三者而言，守旧就好了，或许这也是一种本怀。

“气收自觉怒平，神敛自觉言简，容人自觉味和，守静自觉天宁。”我倒是觉得此时此刻，在一杯茶中和一场雨中变得不惊、不怖。红茶性温，是不是自己的这颗心也是被这杯红茶感染的，这是不是就是古人说的近朱者赤？我想肯定是红茶正在用自己的味道感染着我，然后感化着我，在醇和的口感中，从内而外温润着我的身体，缓解了肉体上的疼痛。

“云烟影里见真身，始悟形骸为桎梏；禽鸟声中闻自性，方知情识是戈矛”，其实我们知道许多事情都如同云雾一般虚幻，也能在这些虚幻之间看清一个人的本来面目，但是我们总是被一层层的关系束缚着，以至于时间久了没有人愿意去揭开这一层面纱。不识自性、自欺欺人都是我们常干的事情。

好在，一杯茶能够唤醒我，好在一段独自喝茶的时光能够让我酝酿一些思考。胃痛在几杯红茶之后渐渐有些舒缓，而自己的那颗心却在一杯红茶之间，被洗涤到通彻明了。虽然我们还在被肉体束缚着，但是自觉觉悟却不受肉体的限制，就像一杯红茶那般，也绝对不会受时光的搁浅而失去了自己的效用。

我想到这里的时候，看到信息提示：今天夜里有小雨，气温十六摄氏度到二十六摄氏度，偏南风四级。

看到这里的时候，我又端起了茶杯，想起一句：纵有疾风起，人生不言弃。

忙中取静，一盏茶是最好的相伴

——

接连好几日忙碌，喝一盏茶的时光都被耽搁了，想想终日劝说他人切莫奔波，不觉脸红。纷扰的几日，也觉得这时间一晃而过，唯独觉得缺点什么，我想那便是茶。

我曾想过百忙之中安安静静地坐下来泡一杯简单的茶，可心不在焉终究不能一心一意。记得前些日子各种新茶试喝的消息，时不时出现在自己的生活周围，起初觉得是一阵风，还不等这阵风吹起来，茶味就已经没了。

由此想来，莫不是真如古人说的那般“竹影扫阶尘不动，月穿潭底水无痕”？什么事情都像是镜子中的事物那般，物在，镜子中的像在，物不在，像也不在。但是很多时候，人的这颗心远不如镜子这般直接，心系两头，有多重事物的牵挂，以至于事情早已过去，心中的阴影仍旧在那盘旋。

其实有时候喝茶也是这样的，一颗心是否通彻，能从那人在茶桌上的举手投足之间看出他是否能安坐；一个人是否清净，能从他对一款茶的触碰看出他唇齿之间是否有敬意。茶是心如明镜的，虽然它不说什么，但是用心观察，你会知道很多，亦会懂得很多。

相传秦朝咸阳宫高挂着一面镜子，正反面都能照人，只要按在胸部，就能照到五脏六腑是否有病灶，那些心术不正的人更能被照出。杯中的茶这般通透，在茶客的唇齿之间当真一如明镜那般世事洞明。

当然，喝茶的时光中并没有思量这么多，而是在一盏茶中享受着岁月静好。江南雨多，自然是不乏“雨中山果落，灯下草虫鸣”的景色，很多人还未将心思付与云水，时光便早已流转不回。很多江南的文人把心思全然寄托在云水之间，转换成的文字掷地有声。很多人喜欢江南，但是因何喜欢却是不知，懂江南，先要懂得江南的诗人，不懂江南诗人的哀愁，便不懂江南水乡的美。

一番云水客，一盏云水茶，便是这般的惬意，流水人生都是慈悲。在江南得一盏茶的味道，再有一场雨的邂逅，撑起一把伞，走在小巷之中，便是水乡最大的恩赐。水乡的人是安稳的，他们无须策马关山，只需要顺水而流、清简自持即可。

庭院深深，虽有烟雨，但是鸟鸣依旧婉转。屋檐下的雨滴，洗净了墙边的绿叶，一切事物都在雨中静静地流淌着。落雨吃茶，自有一番打发黄梅雨天的好情趣，人贵在自我熏陶，方能培养出一颗如云似水之心；水贵在灵性，方能滋养茶客慈悲之心。空灵之中的茶味最是能诠释世间种种烟火的气息，与白云静水相遇，与清风明月相许。

有时候站在小院台阶远望，不过是放眼望去，皆在方圆之内，心思却遨游他方。其实很多人都是如此，咫尺风景不顾，却贪婪遥想他处的风景。有时候外界的听闻都是虚幻，只不过是我们雾里看花觉得很美罢了；有时候不是很美，而是面对诱惑的时候，你失去了判断能力。云水之所以缥缈，是有一颗似水的心在流淌，缥缈之物有一颗愿意下沉的心，才能出其韵味。山水灵性，风光宜人，沏就的一壶茶自然也毫不逊色。物以类聚，茶懂得与自己圆满的因缘际遇。

很多时候，缘起缘灭，都是我们自己把所有的缘分给消耗掉了，以至于很多事情有时候是违背本意的。不是这个世间让你望穿秋水，而是你不懂滴水之恩，一个不起眼的不经意，就是一场永不回头的不可能。有时候不可能事无巨细，但是更不可以置之不理。麻木是一个人的常态，尽管如此，这杯茶、这杯水的涓涓细流，一直在用本身的滋味润着你，无须你承诺什么，遇见了就是最好的，“惟有饮者心，庶几得所憩”。

如此一来，忙中取静，一盏茶当真是最好的相伴。

贰

Chapter Two

茶心无染

师父的茶桌上有很多的茶，
亦如我书桌上的各种书籍。
我爱书亦爱茶，
书中有世事洞明的学问，
茶中也有人情练达的味道。

茶，草木之间的觉悟

古旧的树木，在风霜雨雪的等待中，成为茶人魂牵梦萦的向往；置身在茶席之间，一个不经意的邂逅就会引发你纯粹的向往。或许没有墨迹的渲染，没有音律的雅韵，在这草木之间，在这茶杯之间，无情的事物启迪着有情的生命，在滋润的流年中，豁然开朗，体悟着生命的厚重。

茶是什么？或许不同的人赋予了她不同的使命，或许那些只是表象，并不是茶生命的本质。"质本洁来还洁去"，茶是生命的一个华丽转身，在枯木中重获生命的生机。

在弥漫的时光中，生命总会经历春夏秋冬的繁育和凋零。没有一种生命是在凋零后重获生机的，忽然有一天，神农一双美丽的眼睛，与茶邂逅了，茶便成了千百年来人们日常生活的佳话。

置身在茶桌之上，也许每一种生灵的宿命都会有所不同，但是在一杯茶中相遇，在芬芳和古旧的碰撞下，任何一种世俗都没有办法将想要回归清净的心侵扰，茶的灵性和觉悟已经悄无声息地潜入你的心底，让你在迷茫的纠缠中或有所思，或渐渐感悟。

虽然茶是红尘中的极品尤物，但是身处红尘的她从不世故，她与慈悲有着芬芳和清澈的相遇，她与世人有着奔波和纠缠的邂逅。在无数遍的浸泡和洗涤之后，一颗如琉璃般透明的心灵，在水的滋养中，让你远离虚幻的彷徨，让你那场沉睡未醒的梦，从此刻开始苏醒。

人的痴迷宛若昨天，一切都将随着时间的逝去成为记忆中的梦幻泡影，不复存在。其实人生在世，许多现实比梦还要虚幻，众生却不愿意面对，一味地在繁华中找自我的本色，殊不知繁华是另一种孤独的表现，比起这孤独，那宁静致远的清静是不是比孤独更具深意？

人，红尘和俗世之间的灵性；茶，草木之间的觉悟，人的灵性需要茶这杯水的觉悟去滋养。茶不仅凝聚了山水的旷达与无我，更透射着世间的虚伪和迷情，那些无缘的人，无数次与她擦肩而过，彼此间，只留下相逢的美丽。这种美丽多半是遗憾，在弹指间消散之后，茶的觉悟永远蕴涵在这杯中，而人的灵性一直在红尘之中被染着。

沏一杯你爱喝的茶

原以为在百般疲惫之后，一杯茶可以洗涤心灵的尘埃，殊不知在涓涓流水之间，一个不经意的动作，早已让你置身在佛门的圣地，身心清凉。

纵然你行色匆匆，也会在云烟迷离中无法找到方向。但在云水禅心之间，总有那么一块地方，有几个人、几盏茶、几片叶在行云流水中让你停下脚步。静下心来，在水的灵性中，在茶的觉悟中，体验一派山水的清凉，掸去人情世故，这盏茶渐渐地滋润着你百般的浮躁，让你在清凉处感知生命的灵性和觉悟，在“如人饮水，冷暖自知”中，自我解惑。

人的自在和清凉不仅仅是山水的韵味可以给予的，人我之间，如果保留一份体谅和同体大悲，那份心量自然是一股清凉。

师父曾经教诲：你是不是这个茶桌上的过客，对师父而言都不重要，重要的是在这个茶桌上，你有没有喝到自己心仪的茶。师父的茶桌上有很多的茶，亦如我书桌上的各种书籍。我爱书亦爱茶，书中有世事洞明的学问，茶中也有人情练达的味道。

茶与心、心与水之间，茶从来不滋润无缘之人，既然相见，师父的茶必然接纳一切。对于出家人而言，清淡自持的味道是他们所钟爱的，但茶客品的味道或浓或香。对于师父而言，这张茶桌，不仅可以放置一杯清淡的茶，还可以冲泡一杯茶客喜爱的茶。在师父的内心世界中，冲泡什么茶并不重要，重要的是你在这个茶桌上能不能安然，能不能掸去满身的尘埃，能不能心如明镜。

这盏茶在接纳与奉献、得到与失去、冲泡与品尝之间，沏茶者和品茶者都人我和睦、以心相交，在这偌大的茶壶之中，通过水的灵性，滋润着我们成人达己、喜舍慈悲的心灵。

放下杯盏，才能在内心世界沏茶

秋虽然是不经意间来的，但是由于自己身体的单薄，还是能感受到秋的到来。在岭南，到了入冬才有秋天的感觉，毕竟是在南国，比起北方，还是有很大的差别。

诸事烦琐，种种往来无法摆脱，佛说烦恼即是菩提，于我而言，这个过程是自己在渐渐体悟。很长一段时间，内心的世界就像壶下的炉火，满心的焦灼，无法让自己安定下来。

有味是清欢，寻觅了多少年都不曾明白这个道理，后来才渐渐明白，原来所谓的清欢在繁华处才能真正体现。于茶而言，茶的繁华之处就在于滚水沁入茶叶的那一刻，茶与水相遇的瞬间便是菩提心觅的考验，滚滚的汤水此刻让茶叶放下种种固执，渐渐地柔和，慢慢地柔软，学会一味圆融万味。

浮躁的那段时间，纵使静坐蒲团，也妄想纷飞。很长的一段时间，我都在四处寻觅安心向下的方法，忘却了本来面目，也忘记了菩提心觅的殊胜，一味向外界寻求答案。茶与水一遍遍滋润着，我却一遍遍执着，不想在流年中辜负了这盏茶的纯粹。

人活着就是最大的忏悔，活着如果没有忏悔之心，是一件非常可怕的事情。人不怕做错事情，怕就怕事情做错了，自己还不知道。直到我去云山下的僧院，才渐渐发现、明白，原来内心世界也有一片茶园，只不过“旁逸斜出”的琐碎之事，牵绊着自己那颗寻求清净的心，使寻觅的过程中不得答案。

其实，在这个世间，来来往往的人和事并不是障碍，凡事的存在都有慈悲和包容的理由。烦恼场中是菩提，没有生活的琐碎，何来心灵的纯粹？一缕阳光从僧檐散落在茶杯之上，这是云山下禅院的惬意，也是这杯茶的淡然，在茶水之间静静品味。其实，一切味道都在我们唇齿之间，只不过世俗的味道，已经浸染了我们那颗向往清净的心灵。

西窗下夜风娑娑，也只有入夜的僧院是我最喜欢的，安静之中别有一番清静。我也总是喜欢在喝完茶之后，回味唇齿间留有的茶香，独自一人在寺院的丛林间散步。茶好固然欢喜，重要的是凡事好便是了，了便是好，留三分余味，切不可太满，后路是人生中一场伟大的留白，茶也需要如此。给茶一份留白，是在内心里留下清净，于凡尘中人而言，或许，内心世界需要时时拂拭；于人心而言，学会淡泊留白，才有心灵的最佳停泊之处。

翻滚在壶中的茶，并不是因为火的烹煮而变得浮躁，只不过是在这翻滚的过程中洗尽了铅华。一如生活中的百般烦恼，其实并不是我们生活的障碍所致，只不过是在被烦恼磨炼的过程中，心灵拂去尘埃，明心顿悟。

茶从来不会为了茶客的过往而有所分别，有分别的只是茶客内心世界的那份算计；茶也从来不会因为翻滚的汤水而去左右什么，去左右的只是茶客人情往来的那份权衡。茶愿意舒展自我，呈现一片绿意，茶客却因为畏惧那份人我之间的坦然，拿起自己手中的杯子不肯放下。

放下杯盏，才能在内心世界安然沏茶；坦诚相处，人我之间才能坦然。学会反观，才能像茶一般舒展，这盏茶、这壶水、这盏杯，其实就是一份纯粹的坦然。

守拙

晨起让我最欢喜的事情便是打扫陋室，古人言“斯是陋室，惟吾德馨”，满眼的清净，即使是慵懒的晨光，从隔窗的斜角处洒落在茶几上，也显得分外静谧。

置一张茶桌，放上三两个蒲团，在水的翻滚中，任清风习习，裹挟着花丛的芬芳，也不及茶炉中的三分茶香。

茶客不在多，三两个便罢。放上几片茶叶至壶中，任其慢条斯理地煮着。在言语的交流之间，那颗向往清净的心不增不减；在茶的回甘之中，学会不执着于外界的韵味往事——当下，便是最好的味道。

身处尘世之中，或许周边的大多数事物不如人意，但是，一旦遇到了茶与水的完美结合，你会发现这世间不顺人意的事情，其实都是在纷扰尘世罢了。就像水一样，不经意地流淌，就能洗掉茶满身的尘埃。很多情况下我们认为的顺意，只不过是另外一种难受的体现，因为生活从来不需要太多装饰，一如茶那般，是一场与水简单的相逢。

桂花落满地，深秋已十分，在茶中放置几片晒干的桂花，倒多了几分味道。桂花的宿命和茶相仿，并不会因为深秋的到来而满地飘零，如果遇到赏花人，桂花的香气会以另外一种方式飘散在人间。一如此刻，杯中的桂花，在水中流淌着芬芳。茶此生最大的恩惠，便是遇到了水，是与水的相逢，让茶以另一种表达生命的方式，展现独有的生命韵味。茶尽管是穿肠的过客，至少茶能再为自己完美一次。

“莫道古树老，枝叶年年新”。寂灭并不可怕，可怕的是茫然颠倒了世人的正见。如果不是茶对水的那份相信和相交，茶也不会以如此姿态展现在世人的眼前。或许春秋交换是茶的宿命，但是，当枯木般的茶遇到了慈悲的水时，自己的味道便如月般清凉了。茶或许此生都是不顺的，但是有水这个知己，茶此生足矣。

茶和水的相交，亦如人我之间，莫多求，茶桌上三两个茶客便罢。茶是否清香，且不看人情，如果有太多思绪的左右，茶香必定会建立在左右逢源的基础上，所以嚼味之间，茶的味道永远眷顾随缘之人，因为随缘即是随和，茶需要那一份随和的包容与自在。

茶和水相遇了，倾听茶和水的对话，茶的清香使水的韵味焕然一新，但这并不代表水失去了自我的滋味。而是，水在自己的滋味中润了万物的灵性，水以自己的清澈换来了茶的清纯，茶以自身的清纯又换来了人的清醒，水是慈悲的，毕竟这是一场不可思议的交融。

人亦是如此。人生如茶，人的价值就体现在本我的创造上，创造的同时乐于分享，如同水和茶一般，没有水分享清澈，茶何以能洗去尘埃，换来茶的清纯？因为呼吸，所以尊重。也只有茶遇到水，茶再次呼吸了，才带来了生命的另一种生机。水创造了茶的奇迹，人乃至万物创造了生命的奇迹。

我也是渐渐明白，看似被茶染着的水，其实也是清淡的。清淡是另一种浓妆的表现，诚如古人所说“清水出芙蓉，天然去雕饰”。这是一种至简的智慧。

我爱茶，但是我从来都不会痴茶。在茶的日月精华之中，体悟万物本性；在茶的春秋洗礼之中，体悟生命的凋零与新生的轮回。这是茶给我一场流水般的开示。

何等名为求不得苦？求不得苦复有两种：一者，所希望处求不能得；二者，多役功力不得果报。如是则名求不得苦。

喝茶亦是如此，在青山绿水之间，随喜每一位茶客对自然的向往与回归。因为自然是真诚的，不需要任何雕饰，就能以千姿百态呈现在大众的视觉之中，这种纯粹感染了茶，而茶叶汲取了自然的纯粹，方能以纯粹净化人间。苦是人生的主题，如同一杯往昔的茶，既然喝了，就不会再有了，回味就是上天给你的恩赐。但是人的欲望往往无法填补，一旦所希望处求不能得，就会万劫不复，在痛苦中无限轮回。回味就是一种回忆，上天能给生命一场繁华的回忆，就是一种恩赐。倘若人连回忆都没有，岂不是一盏茶喝下去，彻底于人间万劫不复？回忆便是一盏茶另外的一种存在方式。

月穿潭底水无痕，喝茶也需要这种应无所住的境界。茶痴，只不过是因为茶的味道，让其成为我们唇下的一位过客，让我们魂牵梦绕，千百度去追寻。殊不知茶是以香而聚，必定是以香而散。香乃无形之物，如梦、如幻、如泡、如影，对不存在的事物给予一场希望，无数次多役功力的付出，最终如腹中的茶水一般，不复存在。

茶的香气只是暂时的，茶是慈悲的，它以自己的色相告诉你，只有内心世界无挂碍，五蕴皆空，才能度一切苦厄。倘若明白，茶不用你去寻找，它便融入你的内心世界，一如杯盏中的茶，萦绕着满鼻的香气，存在于你醒悟的内心世界。

茶从来不曾言语，就能让众生心生爱怜，然而众生是愚笨的，只因为对茶的那份贪恋与痴恋，就生忧，生怖。那万千世界，花花言语，岂不是颠倒梦想？茶是无辜的，其实它只是唇齿之间一位简单的过客，给你上了一堂开示的课，就抽身而去，但是那些被滋润的人、被开示的人往往太过于当真，最后用情太深，因此也被伤得太深。

喝茶亦如人世间的种种事端。认认真真地喝一杯茶，在滋润中汲取茶的灵性，此刻茶便会告诉你，人生在世，种种事端需要我们认真，但是切莫当真。当真便会用情太深，到最后为情所困，被伤得太深。

茶不会为谁而感动，喝下去，茶也不会再回来了。一切有情皆过往，纵使草木有情，茶也逃脱不了这层关联。情是需要感化的，当茶融入你的体内，如果明了，便知道，原来泡入水中的不是茶，而是与生活的对话。

把认真泡入一盏茶中，一切都是轮回，切莫当真！

用生命的热度沏一盏茶

依稀记得，师父对我说过，沏茶的时候，茶客的杯子要是烫的，给茶客沏的茶水要是温的。我一直不曾明白这是什么道理，有时候认为这是师父沏茶的一种方式，至于心中的那份疑问，一直到现在我都不曾向师父请教。

之所以不曾请师傅为我解惑，主要是怕自己心存偏见，不经意间拂去了师父的那份用心，倒是希望在一盏又一盏的茶中渐渐去明了那份“杯烫茶温”的用意。或许正是在一盏又一盏的涓涓流水之间，那份温度的差别让我渐渐解开疑惑。

当北方的世界一片冰天雪地之际，南国的世界也变得寒风凛冽，或许是真的嗅到几条街道外飘来的煮茶香味，竟然邂逅了一壶炭火煎的老白茶。茶的味道随着翻滚的壶水窜到了杯盏之间，在沏茶人的斟倒之间，似乎这杯白茶在一片枯木的冰冷世界中，渐渐地将人我心中的那份寒冷消融。

伸出冰冷的双手，捧着如同蛋壳的茶杯，一股暖流在手心窜动，通过袖筒传递到心头。顷刻之间，生命的厚重在我掌中得以衡量，尽管是一杯流动的水和几片凋谢的叶，但是人心的温度和草木的温度相碰撞，忽然让我感知到有情众生的暖意。冷暖自知，是需要亲身体悟的。

或许生命的灵性需要激发，怪不得古人说：“人之初，性本善。”我们现在内心的和善早已变质，岁月的痕迹让我们的生命多了几层纹路。曾几何时，在寻寻觅觅之间，我不曾明白师父的用意，也不曾想到在一盏冬日的老白茶之中，竟然能够感知到生命的温度。

杯烫茶温，或许真是心与心之间的那份美好的共鸣。我用双手捧着生命的温度，然后再递到你面前，或许在微妙之中，这杯茶在人我之间的和美中默默地传递着什么。也不知经历了多少次拿起与放下，我才茅塞顿开，原来这一切，都是一份永恒的传承。这股力量在微妙之处，如水一般浸泡茶叶，如茶一般酝酿味道，又如味道一般，萦绕在唇舌之间挥之不去。这就是众生对善的期待，对美的追求，对爱的传承，茶如此，人亦如此。

或许天气在严寒酷暑之时，总会赋予生命不同的意义，但我始终相信，世间的种种都是相通的，只不过我们无法惺惺相惜地去感知不同生命状态的意义。我感恩这杯茶，不仅在严寒之中让我触碰到生命的温度，也在酷暑之中因“杯烫茶温”而对生命起了敬畏之心。也只有在寒冷之中领略到这烫的温度，我们才能推己及人，感知到沏茶人的不易。手捧这杯茶，将那份尊重生命的恭敬心升起，在这杯茶水的波澜中学会珍惜，感恩惜福。

有了珍惜，便不会辜负。师父的茶，在一点一滴之中都蕴含着一个个生命的故事。师父的茶桌，虽然没有咖啡馆的小清新，也没有茶馆的岁月厚重，但是有炉火的温度、茶水的香韵和茶客的灵性。

用生命的热度沏一盏茶，记住，请别忘了师父的话！

几片茉莉，酝酿一盏茶的慈悲

在记忆的片段中，我曾经和茉莉花茶邂逅过，茉莉花茶的味道在记忆的深处，口感依然那么柔和、不苦不涩，那种感觉，一如做人般婉转淡雅。

在岭南，茶是生活的必备，在形形色色的生活倒影中，你会发现，百味掺杂之中，茶的淡雅是多么的怡心。诸多茶种中，茉莉花茶显得别具一格。梅雨时节的岭南，在水乡建筑中，或亭台楼阁中，或岭头山色中，或青灯古卷中，沏上一壶茉莉花茶，在水的灵性和茉莉花的芬芳中，滋养着自己的心灵。

师父曾经叮嘱我，要学会时刻和自己对话。在生活的恍惚间，忽然发现，自己一人默默地手捧着一壶茶，在桌前放一卷经书，在万籁俱寂之中，看似没有生命迹象的茉莉花茶，也可以与你对话。

自觉觉他，茉莉花便是如此，茉莉花的淡雅邂逅了茶的朴素，在色、声、香、味、触、法中不增不减。当你静静地去聆听茉莉花与茶的对话时，蓦然发现，滋润在口中的茉莉花茶，是一杯慈悲的茶，一盏包容的茶，在一次次的滋润之中让自己豁然开朗。此刻才明白，原来在纠缠之中，“色类自有道，各不相妨恼”需要的是相容和相交。

与桂花茶比较，茉莉花茶不会像桂花茶那样香味馥郁，但是茉莉花茶的温和是我的最爱，对其喜爱更多在于这茶亦如隐士般宁静致远。我喜欢“流水任急境常静，花落虽频意自闲”的意境，自然万物都有属于自己的本性，随着季节的变幻完成自己生命的开始与结束，但是，我们内心的世界，只要不受外物的干扰，便可安闲自在。茉莉花茶不随外物的改变而凋落，与绿茶的茶坯进行拼和、窨制，在相容中酝酿出一番独特的香味，鲜灵持久滋润着每一位茶客的心灵。

我曾经梦到流水一湾，坐落着一家茶馆的驿站，一盏清茶，伴着几片茉莉，一缕茶香夹杂着花香从细雨中飘来。而我便是这家茶馆的过客，悠闲地打开书卷，觑破几许人世的奔波。

或许在来来往往的人情世故中，这只是梦，或者是诗人杜甫说的“花径不曾缘客扫，蓬门今始为君开”那般，明月可人，清风披坐，一杯茶，几片茉莉花都可以让我们感悟生命的智慧。青青翠竹尽是法身，郁郁黄花无非般若，当乐境而不能享者，毕竟是薄福之人。在一杯清茶中体验朴素的真谛，在几片茉莉中感悟灵性的滋润，在不苦不涩中品味甘甜，方才是浮生半日悠闲人。

茉莉花和茶水相融了，必然知道随缘便是遣缘；在相融的过程中，各自有各自的滋味，各自有各自的人生酝酿，必然懂得顺事自然无事；在包容与接纳的容器中散发出各自的味道，必然明白在一盏茶杯中亦如在体验心灵的慈悲。

茉莉花茶，在心平处无须持戒，在行直处不用参禅，几片茉莉，酝酿一盏茶的慈悲！

在一盏茶中思量片刻而已，

也不知道有多久了，忽然茶几上的瓷杯披上了一层世间的尘沙，当自己某一天准备沏茶的时候，忽然心生怜悯。在时间的深邃中，那杯水、那抹茶、那盏新绿，依旧在那里安静地等待着有缘人释怀，净化世间种种的尘埃。

正如一盏茶那般，或浓或淡并不是茶的本色，而是沏茶人染着的内心世界，让茶有了世间感知的味道。茶的韵味自古以来没有多少人能够真正地体谅。爱茶，并不是茶余饭后的家长里短，而是色味俱全的佳肴之后，一盏茶的洗涤让自己回归到平常心。

茶就像《法华偈》中所说“喉中甘露涓涓润，口内醍醐滴滴凉”，茶以它本身的清净灌输智慧给你，如露入心彻底觉悟。在百千万劫之中，我们脱去了本来面目，早已迷失了自我的本色，那如同妙法雨的茶也与我们挥之而去，细细想来是多么可怜和可惜的一件事情！

或者每个人心中都有自己偏爱的一抹茶，也许是或浓或淡的缘故，也许是或柔或涩的因缘，茶在时间的深邃中，一直左右着有情众生的游戏人生。拿起杯盏细细品茶的那一刻，向来不是茶的世味左右着品茶的念头，那或浓或淡、或柔或涩之外，觉味三千杯，息心茶一味，许多时候茶的分别是我们念头在是与非、正与邪之间较量，这杯茶、这抹绿、这片叶用自己的生命酝酿着“无念念即正，有念念成邪”的真理。

茶之所以美好，是因为品茶人愿意将自己内在的世界全然交付于水的滋润，有这种心灵与共的切身感受，才能感受不同生命酝酿的不同觉悟。在这世间，很多人一心想置身窗外的世界，不愿困在那有限的空间里百般地奔波、万般地思虑，却最终茫然一生，成为窗外世界的一名过客。殊不知有些时候，我们只需要打开心灵的那扇窗户，就可以静静地感受窗外的世界。

就像喝一盏茶那般，简单、乐观地接纳更多的事物，任何味道不受自己喜怒哀乐的影响，依然在水中流淌着。不是窗子打不开，而是我根本没想过要打开这扇窗；不是不喜爱这盏茶，而是我们喜爱趋炎附势，并不是茶自己酝酿的味道。

或悲或喜的是心态，或浓或淡的是染着，茶的思量，在合掌至心求之后，那盏茶水在我们心中洗涤，让我们离诸法相，心无挂碍。

片刻而已，在一盏茶中思量，打开心灵的那扇窗，云水人家涓涓流水，茶香飘到庙宇的小巷两三行。

早就入秋了，但是在南国，秋天的到来是悄没声的，风扫落叶的声音，从纱窗外一路奔过来，在寂静的深夜中，一切都显得如此安宁。

我忽然想起一句诗，“自古逢秋悲寂寥”，秋字在心头，果然如此。寺院深夜的寂静，菩提叶随风摇曳的声音，都会愈发沧桑。此时的我，最喜欢做的事情，就是放下手中的经书，燃一支香，然后煮上一壶水，静静地等待着茶香萦绕整个寮房。

岭南的秋天不暖不寒，于我而言，自己寮房的茶席不俗不雅，正是万千人无处追寻之地，茶席如同这须弥世界，“声色娱情，何若净几明窗，一生息顷”。当念头转到此刻，一切尽是心安，少欲无为，静静地翻阅经卷，心上无事才闲得一刻。

我喜欢简约的茶席，在这个桌面之上，太多的智慧，等待着杯与水之间的滋润；太多的慈悲，等待着茶与水的因缘。茶席的布置，一如师父对我说的那般简单。其实对任何事情都是如此，诚如古人说的那般，“如今休去便休去，若觅了时了无时”，关键的时刻还是要看分寸，一盏茶如此，一抹水更是需要自我的思量。

向简淡中求，才是茶客和沏茶人最美的邂逅。茶的味道自古以来不是靠哗众取宠而流芳百世的，那些“旁逸斜出”的伎俩只是一时的虚幻罢了。一如事理那般，因人言而悟者，有悟终究还会有迷，总不如自己了悟。一杯茶的哗众取宠，不过是让那些茶客意兴从外境而得，有得必定有失，比不过自己内心得到真正的欢喜。

在唇齿之间品茶的那一刻，少言语当为贵。水是无言的，但是散发着慈悲的灵性；水是柔的，但是能洗涤心灵的执着；水是无形的，但是能渗透到每一个角落。心亦是如此，几点慈悲，几点柔和，几点圆融，便可海纳百川，一味参透世间百味。

待人静月当楼之际，安住烦躁的内心；或者在一盏茶中，抚平内心的不顺，安心便能适境。一盏茶或浓或淡，总有不顺人意之时，滋味浓时，减三分让人嗜，如同径路窄处，留一步与人行，便是涉世的极安乐法。

茶的芬芳，在岁月的沉淀之中愈发显得古朴、高远，一个不经意的回眸，便可让你安详；水或浓或淡，在世味中不停地咀嚼，最能滋养茶客的谦退之心；杯的方圆有道，在鼓掌的把玩之中，涵容了世间万象。得此三点，便可洒脱，正是古人说的那般，安详是处事第一法，谦退是保身第一法，涵容是处人第一法，洒脱是养心第一法。

杯中的茶，茶中的水，水为至柔至刚，均可克强克刚，沏茶不可缺少，为人为事亦通此理。

总会有些时候觉得时光无法打发，不是自己空虚，而是认为许多奔波的事情索然无味。时光其实从来不会怠慢谁，而是我们内心的世界将时光折射出许多光怪陆离的色彩，时光才变得不同。

我喜欢独自一人在寂静的深夜绕塔散步，那时候才发现夜是最美的，美得在寂静中分外迷离。有时候在信步中感到疲倦，便循着竹窗内传来的灯光，到那个有茶香的寮房，轻轻扣声门便能讨一杯茶喝，是多么惬意的事情。

黛瓦青墙只是表面的一种繁华，茶香清欢才是烟水人家的本然。古人言“经一番挫折，长一番见识；多一份分享，减一分志气”，其实茶桌上亦是如此，茶，一片叶的生命，在离开树枝的那一刻，谁都不会想到茶会在慈悲的轮回之下成为无数人的极品尤物。也正是因为这番命运的悲欢挫折，茶才以它特有的生命展现出另一种力量，在时光的酝酿之下，这间陈迹清欢的茶室，便坐落在悠长古老的巷子之中。

沏茶是一门功夫，所谓沏茶，并不是单一地沏一杯茶那么简单。在水与茶的融合之中，沏茶者是最具灵性的，但是茶和水也是敏感的，因为它们知道这个沏茶人是浮躁、安详，还是欣喜，此刻茶与水全然将沏茶人的心思释放出来。而在这个茶桌上的茶客，便是这杯茶最好的见证者，茶能充盈茶客的眼睛，能够明心见性，映射你的内心世界。在这张茶桌的世界，在这个沏茶的分享过程，茶与水就是你的师父，它们能将你的我慢、我执一一浮现在水面，像镜子一样呈现在你的眼前。

“对境安心，则清净之体小露；止观成熟，则真如之理森然”。茶便是那面镜子，应无所住而生其心，茶也可以让你停止妄念，观智通达。

《传习录》中曾言：“天下无心外之物。如此花树在深山中自开自落，于我心亦何相关？”心外无物，一盏茶其实也能将你内心世界的纷杂一一过滤，茶以自身的清欢自持，让你不极端、不浮躁，茶以自身的简约清香，告诉你“彩色所以养目，亦所以病目；声音所以养耳，亦所以病耳；耳目之视听所以养心，亦所以病心。中则养，过则病”。

茶亦如师父，在大道至简中除去纷纷扰扰，在冲泡中不增不减，无来无回。真率为约，简素为具，师父就是想要你明白直心是道，亦如茶具般简约，不必哗众取宠，不为博取褒奖，清茶一盏，好香一炷，在纷扰之中学会不尚虚礼。

将时光交给一杯茶，茶可以让你省心，因为茶是清净的，省心是清心之法；与一杯茶邂逅在一本书卷之中，书卷可以通达大道；读书是省事之法，安安静静地泡一杯茶，屏息尘世的纷扰，一切回归清净。此刻，在与师父喝茶的时光之中，幡然醒悟，一枝动则万叶不宁，一心散则万虑皆妄。

在当下的这盏茶中屏息万缘，观照自我。在与师父喝茶的时光中，切莫关闭内心的世界，给自己戴上一个失去本我的面具；切莫再想明日，须知凡事莫推明日，明日最是误人。

将时光交给一杯茶，它会像师父那样，给你的内心世界带来一片清凉。

叁

Chapter Three

人非草木

陪师父在禅堂品着茶，
磬钹声中传来阵阵的诵经声，
茶与禅转眼之间包容了世间万象，
这一刻我才明白，
此刻的相约，
像宿命的约定。

不辜负，
这个为你一生沏茶的人

—

每个人的一生都不能缺少属于自己的书卷，也有可能它们没有书的形态，或者纸页上没有任何文字，没有浓郁的书香。于我而言，这本书包罗万象，让你在不同状态的人生中找到相应的答案。

这本书，或许是田园山水，能教人淡泊自抑、宁静致远，在田园野趣中找到人生的真谛，在朴素中抒发种种情怀。置身田园，酝酿着难以述说的宁静和解脱，此中真意，恐怕是欲辩已忘言了吧！

这本书，或许是刻在唐朝图腾的诗，饱含悲欢离合、怨憎会苦。它有文人怀着一腔热血却道路坎坷的不顺，也有在江南烟雨中忆起一段梅子黄时雨的惆怅。一川烟草，满城风絮，行尽江南，在一盏茶之后小睡，梦入江南烟水路，这是品茶之后的一番诗意。

这本书，或许是午后壶中翻滚的茶，在经历沧桑巨变之后，依旧能从骨子里散发出别样的清淡，让世间无数的痴迷者在百转千回之后得以清醒。这杯茶或浓或淡，世味浓时，不求忙而忙自至；世味淡时，不偷闲而闲自来。壶中翻滚的茶，犹如做人一般，在内心的世界中多一份旷达。

那山，那诗，那茶，在流水浮灯的岁月中，你可曾记得？切莫像指尖的流沙，将这份难能可贵付诸东流。他们就像是你的沏茶人，把你人生的道路当成茶席，用心打理得整洁简约。或许你是不同品种的茶，如果你是一抹新叶，他们就会把你当成新茶一样，用低温水浸泡你，耐心地酝酿你；如果你顽固保守，他们就会把你当成老茶，用高温水来舒展你，直到让你屈伸有度。

这个为你一生沏茶的人，为你多少次拿起，又为你多少次放下，他为你拿起了那份豁达、智慧和宽容，又为你放下了执着、固执和愚昧。你就是他壶中的茶，他把你过往的愚昧泡走了，把你对未来的迷茫泡掉了，然后又把智慧和安享泡进了你的当下。

在浸泡你这杯茶的时候，不管你在壶中如何翻滚，他都会一如既往地看着壶中的你，端着壶中的你，不停地品着壶中的你，不管午后夜半，不管春夏秋冬，在这一饮一啄之间，你的冷暖也只有他一个人知道。

流年飞去，不辜负这个为你一生沏茶的人！

那里有一盏茶，属于你

—

随着年龄的增长，愈发觉得茶馆是一个多么附庸文雅的地方，或多或少是因为这个地方跟茶有关。而我自认为是这个地方的一个过客，散发着人间烟火的味道，总想掸去满身的灰尘，将世事全然交付于红尘，然后置身于茶韵之中。可身边缺乏一位品茶人，更缺乏杯与水之间的茶话，所以我便被茶馆拒之门外，漂泊多年。

茶从杯中漫出浩荡清香，在唇齿之间萦绕。浮华被拒在唇外，清淡蕴藏在齿间，淡淡的清香裹进了品茶人的衣襟，淡淡地走过小巷，路过山川，跨过这人间！

其实这红尘与佛法何曾不是如此？红尘被拒在唇齿之外，佛法蕴藏在禅心之中。于是我越过山川，挥别这人间，徒步跨进了佛门的这道门槛，方知这里是一片云水禅心，此刻我再也不是人间的过客。

千百年来，岁月在茶壶中翻滚着，人间的沧桑在茶壶中滤净尘嚣，弥漫着难以述说的纯净。在人与茶、茶与壶之间，各自有各自的因果，各自有各自的宿命，同时各自有各自的约定，在佛家的眼里，这也是各自有各自的缘分。

后来师父为我落发，我才找到了心灵的那座茶馆。许多时候，我不曾明白自己为什么对琉璃砖瓦、杏黄院墙这般眷恋，冥冥中也因木窗、木壁散发出的别样味道而返璞归真。陪师父在禅堂品着茶，磬钹声中传来阵阵的诵经声，茶与禅转眼之间包容了世间万象，这一刻我才明白，此刻的相约，是宿命的约定。

不管你打哪里来，也许是红尘中的一位匆忙过客，茶一样可以掸去你的风尘。也许是来自云水禅心，或枯草寻禅，或岭头山色，总有一杯美好、一杯慈悲、一杯温润，在流年的清茶中指引着你，拂去细微的尘埃，从迷茫中解开疑惑。

给自己的内心世界准备一盏茶，为自己的宿命泡上一杯好茶，不管春秋，不问世事，任流年逝去，浮灯闪过，请你记得：那里有一盏茶，属于你！

杯水之间流淌的是缘分，唇齿之间洋溢的是真情，师父的茶，给了我一段美好的回忆时光！

师父，这杯水到底有多烫

—

“少欲无为，身心自在。得失从缘，心无增减。心若轻浮时，要安心向下，须知心净则国土净，息心即是息灾。”很早之前就听过这句话，或许真的是契机，那时候只是从眼前一扫而过，并不曾对这段文字多加揣摩，随着时间的流逝，人事的沧桑，只是在宿命中一闪而过的句子愈发显得沉重了。

心若轻浮时，要安心向下。在车水马龙之间保持内心平和，在游戏人间中去沉淀自己的那份质朴，确实不是一件容易的事情，做人难能可贵的就是删繁就简。

每次泡茶的时候，师父总会说我心不安。涓涓流水之间，这种惬意的生活，是多少奔波人所向往的，那觉洒空灵的茶水，可以扑去奔波在满身的尘埃，还世间那份是非的清白，每每想到此处，我也时常向内观照自我，寻找不安在何处。

心的净化，一如水过滤茶的铅华，众生之所以不愿去观照自我，是因为他们都在躲避心中的那份净土，不断地被满身的尘埃遮掩，所以便有烦恼。愚者往往是不了自性，不识身中净土，怨东怨西。

而茶与水的相融就是心境与自我的领悟，叶本为绿，却在制茶的过程中通体巨变，然后去适应不同茶客的口味，这个适应的过程却能给你几许启发，如果你能向内寻觅、观照，茶的色相，一如“凡所有相，皆是虚妄”。茶遇到水的冲泡，过滤掉人间烟火的味道，品入口中的则是云水禅心。

或许这份所谓的不安就是不能去包容。在杯与壶、茶与水之间，一直流淌着一条心的河流，只要有海纳百川的胸襟，壶中的世界便是乾坤；如若敬畏是与非、恩与怨，不能以茶水相容去接纳百川，壶内的世界势必鱼龙混杂，自然心中不安。

心若安然，是非不言，独坐禅林道院，澄心闭目，俗念都捐。古人曾说：“虽不善书，而笔砚不可不精；虽不业医，而验方不可不存；虽不工弈，而楸枰不可不备。”真正爱茶之人也是如此，不管你是与我志同道合，还是下一刻就分道扬镳，既然来了，茶就给你满上。这种沧海之量，不用言表尽显心智宽广。所以泡茶之人，在壶与杯之间的那条河流，无须惊怖，无须增减，得失从容，便会慈悲。

懂得泡茶的人从来不会说天不如人愿。上天对谁都是公平的，只有人愿永远都是缺憾的，懂得泡茶的人会去模糊这个缺憾的界限，用茶人之心去化解恩怨的轮廓。水在此刻是最圆融的，这杯圆融的水，却离不开自己那颗慈悲、智慧的心，沏茶人就有那颗常年被净瓶水滋润的慈悲心。

喝茶之人就是要学会朴素和包容，沏茶人的用心并不是与尔等迁就，心中有沧海之量，必然懂得求同存异。大千世界，一杯茶由不同的人去泡，自然流露出不同的滋味，在这世间不可能事事俱全，但是有些人明明品出来的是纠缠的味道，却装出一副解脱的姿态。其实茶桌亦如道场，直心是道便在此刻体现，然而很多人却在茶与水、壶与杯之间演戏。

许多人骗自己还觉得不够，一定要一群人应和着被骗才心安。这杯茶就是让你学会心安，不为外物所惊扰。

每个人都应该去欣赏茶的那份淡然，不管这杯水有多么烫，都可以舒卷自如。“亵狎易契，日流于放荡；庄厉难亲，日进于规矩”，在我们的周边，总有轻佻随意的人受到大家的亲近，但日久之后与之亲近的人也会轻佻随意。然而庄重严肃的人，虽然一时难以接近，却可以使人时刻观照自身，警醒自己本分规矩。茶与水就是如此，不管这杯水有多么烫，茶依旧会安然地接受水的浸泡，在滚滚热水中洗尽铅华呈素姿，此刻对茶的浸泡，一如师父的管教，他也会用这种方法烫你，在冲泡的清澄中除去你的浊流。

沏茶人是施，品茶人是受，在施与受之间，这杯水到底有多烫，如若知道草木有情，此刻便需要尔等去衡量！

壶内乾坤舒卷自如，心若轻浮时要安心向下。师父，这杯水到底有多烫？

师徒，
是茶与水的约定

—

不知道从什么时候起，我发现喝茶可以息心，很久以来我以群小之志来观井中之天，不曾想过茶话之间也有一番人生的天地。

说到喝茶，以前总以为装饰得古色古香的茶馆才是最好的去处，殊不知梵声万里、琉璃檐下的禅林道院也是好的去处。

茶客也好，过客也罢，客居在别处，心中总不免多了几分风雨感慨。也只有磬中妙韵的禅房茶室，给心中的百转千回平添了一份生机，于居士、茶客而言，这便是好的去处，于我而言也是如此。有时候我会在卧室摆一张桌子，放上几本书，或许还会点燃古鼎中的香，倦意袭来的时候，还会喝上几杯茶，即便如此，这茶品得是愈发无味，因为身边缺少一位茶话人。

不知道在哪里看到过这样的一句话，说师徒相遇是累世的缘分，当累世的缘分成熟，也就是师徒相遇的时候。还记得有这样一句话：世间所有的相遇，都是久别重逢。对于一个刚出家的人或迷茫的人而言，师父无疑是对自己举足轻重的人了。

直到离开师父的道场，才体会到“迷时师度”的重要性。昔日师父的忽冷忽热、或喜或悲全然浮现在眼前，而在另外一位师父面前，我就像是壶中的茶，他总能把我摸得透透的。时常在想，为什么面对一个从来不骂我、吼我的师父，我却和他之间有一层隔阂；而一位时常打压我，然后时而放纵我又要求我，时而爱护我又责备我的师父，我却愿意百般地凑在他面前，即使是这杯茶喝不出什么味道，我也愿意听从他任由他。

直到一次机缘巧合，听到我的两位师父在同一茶桌上品茶的一席话，我才明白是什么原因。师父因为徒弟屡教不改，决定把徒弟送到别的道场深造，在徒弟离开的路上，师父一直不停地关心着徒弟的舟车情况，然后又恨铁不成钢地责备几句，一旁的大和尚摇摇头感慨了一句："师父都是口是心非的，表面说不关心徒弟，实际上比谁都关心！"

这句话犹如醍醐灌顶，我恍然大悟，心头暖暖的。为徒何曾站在师父的角度体谅过师父的难处与用心？品着这杯中的茶，不免觉得师父打你、骂你、弃你、伤你，都像是壶中茶与水的约定，或许这就是师徒相遇的缘分。

一盏茶，也只有在滚水的浸泡下，才能酝酿出茶沉淀的古朴。水把茶温渐渐消去，茶的清香才能溢到你的唇齿之间。或许徒弟就如同茶叶，经过师父这壶水的浸泡，才能舒展开来；经过师父这壶水的冷暖控制，才能泡制出徒弟这盏茶的韵味。或许这个过程会伤着你、烫着你、凉着你，但是经过师父这壶水的一番泡制，徒弟这盏茶，才能褪去稚嫩和浮华；在师父这壶水的热浇冷拌中，徒弟这盏茶才能回归到自身的清净和觉性。

或许这就是师父给你的磨炼，茶与水之间如此，师与徒之间亦是如此。不管师父是打你还是骂你，徒弟当下要做的就是服从，不要询问其原因，也不要疑惑什么，不管在哪里，请大家记得，父母与师长都是值得你珍惜的，因为他们和你有累生累世的约定。

茶离不开水，师徒亦是如此。师徒，是茶与水的约定！

那茶那水，洗尽古今人不倦

于我而言，好茶的定义一直是模糊的，素瓷杯中的茶，有道不尽的话。我曾经问过师父，什么是好茶，师父不曾言语，后来的话语中一个“品”字，就像是一缕茶香萦绕在我的脑海里。思绪沐浴在这种平和、宁静、淡雅之中，一种全新的感受油然而生。

我喜欢茶，并不是因为茶给人们带来的闲情文化，我喜欢茶的洒脱，喜欢茶“夜后邀陪明月，晨前命对朝霞”的豁达；我喜欢茶，并不是因为茶千百年来给品茶人多少茶余饭后的韵味，我喜欢茶的深度，喜欢茶“洗尽古今人不倦，将知醉后岂堪夸”的脱俗；我喜欢茶，并不是因为茶是文人士大夫身份的象征，我喜欢茶的包容，喜欢茶“曾向贵人得，最将诗叟同。幸为乞寄来，救此病劣躬”的雅俗共赏。

或许茶也像圣人一般，有着它独有的高度和深度。不问世间行云流水、朝霞明月，不看人间浮沉繁华，任起起落落、悲欢离合、酸甜苦辣，茶也丝毫不失其本色，任人采、摘、炒、冲、泡，茶只管从骨子里散发出“世间绝品人难识，闲对茶经忆古人”的本质韵味。茶如师者一般，默默地教诲着世人，警醒着世人。此刻的茶，宁静得如佛陀手中开放的莲花，洁净、淡雅，不为谁开，也不为谁落。

师父曾对我说，遇事要宠辱不惊，我想茶亦是如此。茶的魅力一直贯穿于时间的长河，就像是一面镜子，映射着世间的真谛。柴米油盐酱醋茶，茶作为开门七件事的最后一件事情，不仅在人们的闲情文化生活中扮演着不可替代的角色，更多的是可以在人们面对灯红酒绿、酒酣饭饱、半醉半迷之后，作为一剂碧绿清澈、浓淡适宜的清醒剂，让人在将醉之时得以清醒。

每个人喜欢茶的因缘不一样，我喜欢以茶看人生，以茶看智慧。起落人生犹如茶一般，精挑细选可以进入达官贵人之家，登上大雅之堂，也能朴素、粗犷地进入清苦人家。茶的雅俗包容和淡泊平等的境界是我所喜欢的，僧人如此，师父对我的希望亦如此。海之所以广阔，是因为它能把自己放在最低点，方能容纳百川，于茶、于人、于事，都需这般态度和胸襟。

那茶，洗尽了多少古今的迷途人。那水，默默无闻地融入了多少世人的教诲。茶是师父教诲的另一种表达方式，水是师父用心灌溉的另一种体现。

沏一盏空雨白云下的茶

—

以水的方式流淌在众生的心灵中，这是上天赋予水的美好，世间种种的因缘，让茶和水相遇了。“明月松间照，清泉石上流”，是诗人让水多了几分灵性，空山新雨后，在空雨白云下沏上一盏清茶，便可以让一位置身在红尘之中的人立刻抽离，茶滋润了世间不曾有过的美好。

茶的灵性需要凭借品茶人的觉悟才能显得完美，“但问此身销得否，分司气味不论年”，是红尘烟火的一捆柴让你满身尘埃，还是流年岁月中的一抹茶香让你静思山水？茶的境界就像是一面镜子，照映着你，让你掸去满身的尘埃，解脱满身的束缚。

究竟有多少人在寻寻觅觅，在坎坎坷坷的道路上迷迷茫茫？也许你会在岭头山色中找到答案。空雨白云下，晚霞诵经中，一缕香的萦绕，一盏茶的邂逅，在潺潺流水中，几片花瓣中，或许会豁然开朗，淡然到只看花开落，不言人是非。

有人说茶与水的相遇美如音乐。在沏茶和品茶中悠然自得，在不同的旋律和味道中参悟人生，在不同的节奏中体验生活的悲欢离合，茶亦是如此，在不同韵味中感受世味的浓淡，感受净土慢生活的惬意。

茶水的闲趣滋润着心灵的清净，俗人认为禅太枯燥，事实并非如此，禅如果枯燥，何来人世百味，最终禅茶一味呢？不是禅枯燥，而是人的妄想捏造出太多的借口；不是道无情，而是世人沉迷太深。

“湛然一片真如性，迷失皆因一念差”，茶是否迷失在于沏茶者是否能布施茶的美好，给予茶客分享；人是否迷失在于众生能否保住生命的本质不去沉沦，分享一份宁静的时光。在空雨白云下，在山林禅茶家喝上一杯清茶，让自己活得如同茶一样，真实而又清淡，如同佛性一样湛然明了。在觉悟与迷情之间，不失生命真如的本性。在茶与茶之间的邂逅中，在水与水之间的柔情中，参透茶的宁静致远，洞察人世的智慧和慈悲。

镜花水月，转瞬成空。在一杯茶中，在空雨白云下，冲淡尘缘的劫数，不论贫贱，且看因果，便知茶能滋润出智慧的双眼，洞悉世间的无常。人生浮华，茶中自有禅者开悟的话。

一盏残碟释禅心

很久都没有这种感觉了，也不知道从什么时候起对那种古旧的事物特别向往。以前喜欢古典的书卷香气，而今在青灯古卷之间，那颗心渐渐地淡去，却喜欢素雅和随遇而安的格调。

千百年来，无数人对寺院都有着无法言语的情感，这种情感不仅仅是因为寺院的神秘性，多半在于寺院那份酝酿在残砖败瓦之间的岁月底蕴，让无数人安然。

喜欢寺院，因为它依然披着信仰原有的纱衣，从岁月身边逝去的一切事物都在变，唯独这份正知正见如如不动；喜欢寺院，因为它是一座世外桃源中的茶馆，除去纷纷扰扰、是是非非，唯独这份相融的心一直海纳百川；喜欢寺院，因为它怀揣着一颗素雅的心，那些残败的寂静，唯独在寺院显得如此豁达。

在师父的茶桌上，不仅飘逸着茶的清香，在这潺潺流水中，茶中还掺杂着美好与善良，模糊了人们对事物定义的界限；在师父的茶桌上，不仅是与方外*之人的谈话，这澹澹泉水之中，话中还暗喻着僧人的智慧与豁达，包容了世事无常与人生百态；在师父的茶桌上，不仅是素瓷砂壶，在这清清茶水之中，底部残破的碟子依旧舒展着茶的古朴高远。

* 方外，世外，原指言行超脱于世俗礼教之外的人，后指僧道。

喝茶的时候，不经意间发现师父的茶碟是破碗底，残破的边缘已经泛黄，或许是因为茶的浸泡，在裂纹的深处也泛着如同茶水的黄，那颗爱美的心瞬间被这茶桌上特有的物件熏陶了。残破的碗碟原本没有一点用，却被师父从河边拾来，伴着素瓷砂壶，显出几分慈悲、几分包容、几分可爱。

忽然间想起了一句诗："落红不是无情物，化作春泥更护花。"这残破的碗碟被师父慧眼独具改造成茶碟，倒有几分绝处逢生的造化。与其说这是禅茶一味融世间百味的魅力，倒不如用心去看，才醒悟是师父的那份包容，那份沧海之量。

残破的碗碟一如有着恶俗习气的我们，师父永远都慈悲地看待，用他那颗对信仰和正知如如不动的心，慢慢地改造你，渐渐地感化你。即使你已残败，师父也用禅者的智慧让你散发出闪光点，就像是佛前的海灯，光芒中还有智慧的希望。

茶桌上，这几盏残破的茶碟，在茶的一次次冲泡之下，就像是沐浴甘露一般，它们的残破给信者带来了生机，在尽头处看到出路，柳暗花明中又看到信仰世外桃源的村庄。或许茶桌上的茶客一次次经过，并不曾留意，但这残破的茶碟依旧散发出禅者的魅力，聆听着有缘人在桌前的茶话。

或许哪一天师父不在这个茶桌上，但是师父的禅者智慧仍在；与师父喝茶的时光，陪伴的不是师父，而是佛陀的智慧，桌上茶话的浮生半日，经过岁月沉淀的考验，品味的是那份正知正见的人生。

翻滚之间，禅心两全

很早之前就听过禅茶一味之说，或许是因为那些所谓文人士大夫们把这种禅文化给世俗化了，我便对这禅茶一味的底蕴有了一些隔阂。

茶海禅心之间，任彼世态之炎凉，从他人情之反复，一杯茶大可淡之，一抹笑均可了之，不管这杯茶或浓、或淡、或烫、或凉，皆是心造，皆是心境！

古人云：“春雨如恩诏，夏雨如赦书，秋雨如挽歌。”同样的事物在不同的时候会给人们带来不同的影响，人与人之间就是如此，上天造就我们，放在不同的位置就会有不同的作用。做人是千变万化的，沏茶也是无来无去的，茶香酝酿着种种味道，在品与尝之间，品是心对外的观照，尝是心对内的检讨。

清听自远，茶香心间，留一份素雅，物色自然俱闲；翳然林水，会心之处不必在远，杯中自有人间，茶中蕴含圣贤；翻滚之间，全然于心，心若是善，风霜过罢青松常绿山巅；世味淡泊，炉香熏茶，大可偷得浮生半日闲，斑文竹箨悟在心间。

蛇饮水成毒，牛饮水成乳，一念之间，善恶细分两边。如有慈悲之心，这万事万物都会行善，自净其心，是非都会淡然。

心中有善，苦瓜之根虽苦，皆可入药去火毒；心中无善，甜瓜并蒂虽甜，不加节制食用就会受苦。翻滚之间，禅心两全，模糊恩怨、是非界限，只要有心，达禅之理，大地尽做蒲团！

净几明窗，有一段简约的邂逅

—

关于茶似乎总有说不完的话。寥寥几人不曾言语，仅仅是拿起杯子品上一口，然后再放下素瓷杯子，就这拿起、放下的动作，曾经让我耳目一新。原来只要用心，处处是禅，处处是智慧。

曾经有一位居士对我说："你就把师父的话，当成是言教来鞭策自己！"那时候我刚出家，很多习气仍无法改掉，师父总会事无巨细地指点我。

于我看来，自己骨子里总是萌动着一股傲气，这可能是每个文字创作者的共同特征，所以很多时候不能以空杯心态来接受事物。于修行而言，这是很大的障碍，生活亦是如此，因为生活就是一场修行。

师父经常耐心劝导我，不要用以前固有的模式去处理事情，那些都是所谓的偏知偏见，凡事只用脑子是不够的，且要善用其心，只有放空才能有充实的机会。很多时候我都认为自己是属骆驼的，被打击到体无完肤才知道师父的话是多么的重要，但是等到下次的时候，我却好了伤疤忘了痛，依旧如此，周而复始。我曾经反省过自己为何如此，发现很多事情都是自己将简单的事情复杂化，又不肯改变自己固有的思维模式，凡事心胸放不开才导致如此。

记得师父曾经感叹过："不管是人还是事，所谓的难事都不叫难事，把简单的事情做好了才叫厉害，往往简单的就是智慧的！"

说者有意，听者亦是用心，这话犹如当头棒喝，就像是从一块不毛之地呼唤出鸟语花香一般，让我对师父心生敬仰。之所以我能有如此的反应，很大程度上是因为师父的这句话指中了文字创作者的喉咙，把所谓文人的毛病简单明了地点了出来。

有些事情，需要多加思维，方可谨慎；有些事情，过多的思维反倒“旁逸斜出”，扭曲了不少初心的模样。人是多面性的，事物是立体的，不管是人是事，既是群体也是个体，关键看自己如何在对的时间、对的地点，以及对的因缘处理事与人，事与物。素简的只是视觉，在素简的背后，不知道多少复杂被淘汰，直到简单得多一笔都不行。其实素简的背后是不简单，突破形式看素简，便能体会到素与简背后的实质。

出家人的生活讲究的就是一个素字。常人也是如此，只不过他们生活中多了几度灯红酒绿，平添了几分人情练达，然后选择就多了，选择一旦多了，便开始复杂了，烦恼也出来了，周而复始上演着这样的故事，一春一秋一直上演到毫无新意。

可曾想过，净几明窗，一轴画，一把琴，一卷经，一瓯茶，一炉香，一部法帖；小园幽径，几丛花，几群鸟，几座亭，几拳石，几池水，几片闲云。这份清淡是一份恬适。走过了世事的沧桑，经历了人间的风霜雨雪，小园幽径独徘徊，看似如同闲云无心，事实上这份素雅里有很多的故事，放下的是复杂，拿起的是一份简约！

在一卷经书中沏茶

—

对于方外之人而言，一盏茶要尽可能沏到淡而又淡。古人言：“天不禁人富贵，而禁人清闲，人自不闲耳。”人的富贵荣华自古以来就不是老天可以左右的，亦如杯中的茶一般，有人执着于个中滋味，所以不得清闲。若能安安静静地泡上一壶茶，你会发现，生活中有很多东西都是不必要的，要像一杯茶一样，学会在平淡处享受返璞归真的闲适。

心之灵，茶之静，一如在石上听水声，浩浩潺潺，粼粼冷冷，恰似一部天然的乐韵。茶的韵味，就在于沏茶者的百般冲泡、品茶人的万般思虑。茶在纷纷扰扰之中保留了一份干净，心在娑婆世界中需要水的灵性去滋润，空灵的心在茶的滋润之后，眼前的世界会欣然慰藉。

古人说耳目宽则天地窄，或许是因为众生大多用眼、耳看世界，这世界就变小了。人的欲望正是因为看过太多繁华而愈发增多，倒不如在海潮之中，或学憨山大师，一心聆听山涧潺潺流水之声；或学观世音，聆听海潮之空旷。

放下万缘，拂去尘埃，放空心灵，在自己的内心世界中沏一盏以百味酝酿成的只有淡泊味道的茶。蓦然发现，所有的人情、经济、贤德，在一盏清茶中淡淡地消融。那时候你才明白，所有的束缚并不是别人给的，而是自己的心境把眼前的世界框了起来。

或许在这盏茶中，隐约能看到一位千年前的曹溪禅者，这盏没有任何繁杂味道的茶杯中，散发出平常心的智慧，一如他说的那般："心平何劳持戒？行直何用修禅？"当纷扰过后，心中宁静，嘴边静虑的是那盏清茶，渐渐明白，一切都是外缘。

有人钟爱茶器的奢华，有人偏好茶叶的滋味，或许对于质朴的人而言，被一盏茶滋润之后，最难得的是那颗淡定之心。在繁华场中，我们扮演过很多角色，几番博取直到无能为力，才发现原来自己永远只是别人的配角。这一刻你怀揣着满身的疲倦，与这盏茶相遇，这盏茶会一直默默无闻地滋润着你。

当一切都经过洗涤之后，你的心就会随着茶而变得古朴高远。一场与茶水的相逢，纵然外面的世界或与你邂逅，或与你擦肩而过，你也会豁然开朗。原来这一切的不如意都是外在的形式，内在的精神世界被那盏朴素的茶滋润之后，在消融中与慈悲化作一道美丽的风景线。原来此刻，生命在不同的状态中担负着不同的角色使命，一如古人说的那般"梅边之石宜古，松下之石宜拙，竹傍之石宜瘦，盆内之石宜巧"，每个生命都有每个生命的神韵，每个生命都有每个生命的风骨，这杯茶，倒映的每一个生命，相聚在这几盏茶之中，让你内外明彻，识自本心。

茶如古人，如同陈列在店铺之中的玉石，瑕瑜不掩。不论是沏茶还是饮茶，都一如古人那般，不追既往，不蔽目前，一颗直心便是茶桌上的道场。

一盏茶，见本来面目，洗尽千年尘土肠胃；一壶水，在冲泡中宛如一派山水清音。一杯茶，或浓或淡，或甜或涩，在饮食中学会谙练世味，浓不欣，淡不厌，在瓦枕石榻、清茶一盏中扫去三斗尘土，便可清凉在口，一味圆融。

肆

Chapter Four

世法滋味

用此三心沏三盏茶，一盏供养自己，一盏供养天气，一盏供养你。

茶静，心净；水净，心清；

茶心，有情，一盏茶有你，一盏茶有他，一盏茶才有我，方知一壶水有天下。

微信扫码
试听本书音频

美，也是修行的一道难关

天气转凉，身体却愈发懒散，愈发不愿意出门。偶尔打开窗子，听听外面的声音，闭上眼，感受到了一派晚秋的气象。

傍晚，似乎听到雨打芭蕉的声音，放眼看去，原来是一派烟雨气象。心中不甚欢喜，拾起手中的念珠，带上一饼新得的茶，赶往山中禅寺。

山寺的雨夜，极为安静，在石径上行走。虽然是雨夜，但也能看到寺院建筑轮廓的朦胧之美，一路走来，还不等进禅房，便听到煮水的声音，是多么的熟悉，这可谓不请之友了。

静谧的禅院，在斑斓的丛林之间，能听到雨滴微笑的声音，到底是山上，禅院多了几分晚秋的寒意，但是在一杯滚滚的茶汤下肚之后，身子确实暖和了不少。放下杯盏之际，不经意看到窗格之外，亭外池水反射着烛光之辉，倒和壶下的炉火交相呼应。

生活中所有的美好都在抵抗一个“忙”字，这是我第一次夜半来山寺的感受。虽然是禅院，但是，白天的纷扰掩盖了几分禅院的寂静，人我的往来很难在曲径通幽处去感受禅房花木深的幽静。也只有在夜深人静的时候，禅院才能回归自己本来的面目。

置一抹自己分好的茶于壶中，在落雨处感受禅院幽静，总有一种声音会让你停下心灵的脚步在此休息。壶中的声音和落雨的声音，以不同的生命状态在夜的静谧之下，让你聆听他们惬意的对话。在这世间其实有很多声音，只不过我们的忙碌让自己心灵对美的渴求死亡。忙是心灵的死亡，这话说到了正处。

禅院夜雨，以安静的姿态唤醒了寺院的另一种生机。在微微灯火的照耀之下，万物在寂静之中，伴着禅房里煮茶的声音息心，一切都在寂静之中体悟着美的智慧。

烛火处窗格间，约莫三两人，无须多言，各自品着自己杯盏中的茶，关闭内心浮躁的声音。禅房之外，雨顺着屋檐而下，那落雨听禅的观想其实就是观音，这种声音就是对你生命本然的一种开示。有茶的洗涤、雨水的澄清、烛火的静谧和炉火的五蕴炽盛，一切都在一片茶叶之中找到了最好的答案——美，原来也是修行的一道难关！

诚如一杯茶那般，或许，人都会把羡慕建立在别人的杯盏之中。喝茶，看似是一件简单的事情，在茶客的口中却变味了，许多茶客，拿着自己的杯盏，盘算着别人杯中的滋味，到头来，错过了自己杯中味道最好的时刻。

有时候，我们不要抱怨谁忽略了我们，而是在一杯看似被叶染着的茶中，反思自己是否被我执染着，或许别人并未忽略你，而是你的双手未能及时抓住别人给你递茶的机会。茶已凉，香尚存，有人说是人情世故，茶凉了是生命的命数，香尚存是生命的态度。之所以认为茶是一件世间难得的极品尤物，那是因为在这世间，太多人不能面对、迎接坎坷的命数，已经失去了做人的态度，反而还抱怨“茶已凉，香尚存”。茶是无辜的，因为世人善变的唇齿实在是难以琢磨。

此刻，喝茶，不语——美，也是修行的一道难关。

風調雨順
極樂古寺

金缮，
一门与幸福对话的工艺

—

也不知道以何因缘，有一段时间忽然接触到“金缮”这门工艺，瞬间觉得极有意思。

说到金缮，我忽然想起了师父方丈室桌前的茶碟，是几十年前的破碗碟，被丢弃在寺前的翠屏湖畔，是一次偶然的机会，师父在湖畔散步之际，不经意间发现的。在浅浅的泥沙中，这样的破碗碟，师父随意拾了几片，拿回方丈室，几经清洗之后，磨掉破碗碟的棱角，然后拿回茶桌，每次用清洗的茶水浸泡，时间久了，自然而然成了天然的茶碟。

我第一次看到师父桌上的茶碟之时，瞬间“石化”。如此残缺，师父都能用到极致，我的表情完全掩盖不住内心的诧异，同时心中的羞涩也无法掩藏，自己胸中的经纬，在师父面前显得微乎其微。

一次闲来散心，走到一条不知名的深巷，也不知道是哪辈子的约定，竟然在此邂逅了一家做金缮的小工作室，我压抑不住内心的好奇，好像自己就是这家房主的熟人一般，竟大摇大摆地进去了。满屋零零散散的瓷器碎片，桌子上林林总总的修缮工具，虽然乱，但是这间能修补残缺艺术的房间，让我仿佛看到师父方丈室的影子。之所以说是仿佛看到，倒不是说方丈室的陈设乱，而是师父茶桌前的杯碟，让我想起了湖畔沙滩的破碗碟。

金缮是一门手艺，是一种对残缺艺术和残缺美的高度崇拜，是用金来修补残缺的物件。这便是我对金缮工艺的认识。当看到满身伤痕的刀片，我愈发能够感受到那些残破的杯壶有着怎样坎坷的经历，同时也体会到这位修复者要有着怎样的耐心，禁得住这漫长的时间，将此残缺修复。

或许金缮的出现，就是让那些残缺美得以重生。金缮其实就是一种漆的艺术，在那些残缺的碎片之间，缺口和裂缝之间的拼合，需要用漆的黏合来完成。漆的取材是漆树的汁液，非常容易引起人的皮肤过敏，我是不敢轻易靠近漆的，用他们内行的话来讲，被漆“咬了”后果是非常严重的，轻则皮肤发痒红肿，重则还会有生命危险。

我知道这些对于金缮的老师们而言，并不算什么。金缮，让我感到可贵之处，便是在这世间每一次的残缺都是不同的，毕竟每一次残缺的裂纹都是不同的，在这一次又一次无可复制的修复之中，都是一种对残缺的坦然接受和精心包容。

虽然师父桌前的残破碗碟，不是通过金缮的工艺变完美，但是那份对残缺的包容，我相信师父与金缮老师是相同的。他们总能接受不完美的事物，然后通过自己的心思将其改装，从无用之物到有用之才，在这修复的过程中，金缮老师修复的是物，师父修复的是心。

师父有时候会说：“还是算了吧，你们别折腾我了，你们听话了，我就多活几年！”虽然是师父的玩笑话，但我始终相信我们是有不到之处，需要师父去提点和教导，也就是在这一点一滴的指导过程中，我们一步步被修复，一步步被完美，过往的种种不足，通过心性的修持，我们才能有今天的这般容貌。

于我而言，我相信自身还是有很多的不足，而自己的顽劣也曾多次让师父感到失望，明知道自己的不足，还是一次又一次在同一地方犯错，究竟是我慢心太强，还是上一次错误教训得不深？在百般的不解和无奈之中，甚至在泄气的念头摇动之际，师父的出现会让我在无数次希望渺茫之际得以重生。

其实我就是金缮手艺上的漆。师父是有心的，金缮手艺考验的是修复师的功底，于师父而言，对徒弟的培养，考验的却是师父的耐力与用心。金缮修饰需要执笔者灵巧而有力的笔功将金线描绘出来，而师父对徒弟的栽培，则需要夜以继日的心血才能让徒弟得以建树。师父脸上留下来的沧桑痕迹，如同修缮工具上的磨痕，诉说着几度的艰辛和忍耐。

倘若哪一天，我也像金缮修复师那样饱受金缮工艺中漆的摧残，我想我必定在这种摧残的过程中得以圆满和完善。或者这便是不同的表现方式，多一分理解与厚爱，这份不一样的美便在心头油然而生。生活，需要学会与幸福对话。

红茶，
生命自我完善的一门“功夫”

—

忽然几日的天气转凉，窝在寮房里不愿意外出，似乎外面的世界跟自己毫不相干。闲来无事，也无心在翻来覆去的书卷之中阅览，偶尔将指尖挑拨在古琴之上，也觉得这琴弦之音缺了什么味道。看着窗外的瑟瑟世界，方知炉中的炭火早已失去了温度。

一壶暖暖的红茶，是冬日的不二之选。将红茶置入唇中，缓缓地润在口中，流淌在体内，一股生热暖腹的内在热量在全身散发。尽管南方的冬天不下雪，但是那股寒冷一点都不亚于北方，置身在室内，手中端着一杯褐红色茶汤的红茶，不仅一股暖流弥漫在茶桌之上，就连自己对寒冷畏惧的内心世界也坦然无畏了。

红茶是柔和的，满腹的热情，在涓涓的流水之中，酝酿出一股让人格外舒心的醇和回甘。红茶从来没有自己的棱角，它以自身的色泽乌润、香味柔和感染着周边的茶客。

相比而言，我更多喜欢红茶的柔。正是面对尘世的种种，我们一些无谓的坚持需要红茶的那份柔；人我之间的那份交往，也需要红茶的那份柔。生活，有时候总是在不经意之间，自己的棱角个性无端伤害到别人，自己却全然不知，人我的那份美好，也是在一次次无端的伤害之中渐行渐远。其实我们并不是有意的，而是彼此缺乏了那份柔和与理解。红茶自身的柔和，也是经过千百年来茶客的见证，才在今天有了一席之地。

“身和同住、口和无净、意和同悦、戒和同修、见和同解、利和同均”乃佛教六和敬思想，而红茶以自身的味道阐述了此思想。自古以来，人我祈祷美好，同住一个世界，拥有同一个梦想，精神和心理的清净需要善良和坦诚。红茶便是如此，它将这份柔和带给了大家，同样茶客也将这份暖心回馈给了红茶，这种在与众生分享的思绪中，红茶润了壶中的水，给茶客的内心世界染上了一分和平与和气。

好茶，向来不是独自一人饮用，在这世间，其实还有一种美好，叫不请之友的默契。似乎茶的香气可以弥漫到好几个殿堂之外的寮房，也似乎可以从禅院道场弥漫到红尘之中的小巷，越过千山万水，路过这巷子，跨过这门槛，在一派云水禅心的涓涓细流之上，总有风尘仆仆之人愿意在此息心、洗心。

或许这份不约而同的默契，也是一份美好信仰的所在。经历了风风雨雨，从新欢变成了旧颜，茶依旧在古老和当下的时光中接纳不同的茶客，接纳不同的茶水，也接纳不同的杯具。似乎茶在等着什么，在时光的静谧之中，在风雨的交错之下，茶一直默默无闻；在一壶又一壶水的翻滚之下，默默地酝酿着的秘密。

在一杯红茶的热流之中，我方才醒悟，原来茶等待的是一份传递，这份传递见证了一份世事巨变的沧桑，也见证了一份如如不动的永恒。就像师父那样，把这份心灵与共的美好传承给徒弟，徒弟再把这份常念慈悲的愿力普度给大众。茶亦如这般，用这份传承的美好，从昨天的时光中传递到今天的故事之中。在熙熙攘攘的红尘之中，在寂静安然的禅林道院之间，茶从来没有停下自己的脚步，而是一路芬芳，一路分享。

我不知道用不悲不喜来形容红茶是否准确，但是在诸多茶的品种中，我素爱红茶，至于钟爱的原因在于红茶没有强烈的观点和棱角的立场，顺从大众却不失自我本色。像红茶一般，在一个不经意的人生之中，不小心转折了自己的命运。

师父时常强调用功，何以用功，用在何处，我时常迷茫，有时候在一杯茶之后，我也会联想到红茶。红茶常常伴随着“功夫”二字，因为师父会经常问我功夫可到家，于红茶而言，功夫二字无非是按照地名分类，如滇红功夫、宁红功夫、祁红功夫，这功夫说的就是时间和技艺。与红茶的邂逅，让我奇迹般地发现，师父所谓的功夫像极了红茶的功夫，无非是坚持和修持。

一杯气性桀骜的绿茶演变成温润馥郁的红茶，这不仅是沉淀心灵的一个过程，也是感知生命的一段旅途。倘若让我给红茶冠上一个形容词，芳味当是红茶的不二之选，或许能得此名的原因，在于红茶滋味多重，它能把茶与心的那种默契自然而然地带动起来，这是红茶对生命的一种启迪，也是生命自我完善的一门“功夫”。

如果在我们生命的旅途中有一扇被锁着的门，在王谢堂前燕飞入寻常百姓家之后，红茶就是打开那扇门的钥匙，红茶给了我们太多惊喜，在安然如水的岁月中，唯有红茶圆融百味。

每个人都需要酝酿的过程。有的人在时间的洗礼之中不堪一击，有的人在时间的酝酿之中越发显得有韵味。红茶亦是如此，在四季轮回的洗礼之中，红茶一如既往春季发芽、夏季舒展枝丫，吸吮着天地的灵韵。而红茶的可贵之处就在于它能把天地灵韵转换为自己的灵气，在生命的凋萎和熏陶的过程中，红茶有着一如兼济天下的情怀。红茶便是世间留下的宝贵礼物，或许在师父的眼中，我们处处用功是无用之功，在心灵深处，我们要如红茶那般，学会将一切美好融入自己的骨子里，散发到周边，弥漫在岁月的寂静之中。

枯木寻禅，寻找人生的那份善

—

我以前很喜欢“枯木寻禅”这四个字，至于为什么会喜欢，却讲不出个所以然。有种朦胧美埋藏在“枯”这个凋零的字眼里，虽然凋零是一种残缺，但是有禅这个境界的理解和包容，这种残缺也是美的一种体现。于茶而言，这个过程就是一种包容美。

很多时候，我脑子里会经常浮现剃度出家时的那一幕，从师父为我落发的那刻开始，他一直在与我谈心。师父曾经说过，出家人贵在有一颗朴素的心。于师父而言，他是希望我凡事能做到删繁就简，于我而言，这是师父对我寄予的一种包容和厚望。

和师父在一起的时光并不多，那屈指可数的记忆中，几乎都是在与师父喝茶，师父对我的教育和关心也是表达在茶话上。在这短暂的出家时间里，与师父在一起的日子，是我打心底欣喜的时光。

欣喜的原因是无可言表的，师父的话总能说到我内心的深处。他那番历经岁月沧桑的知心话伴着水泡茶的这个酝酿过程，越发显得古朴高远，那种语重心长是经过时间和岁月的沉淀才能总结出的。

师父希望我能拥有一颗朴素的心，这让我看到了师父为人的真，也让我品尝到了那杯茶的纯。卸下一切纷纷扰扰，满怀着那颗如同素瓷杯的心，才看明白，原来身边的一切都是在流淌的，只是需要时间的验证罢了。到最后我才明白，那些恩恩怨怨只要有了包容就会模糊了界限。

师父的话，杯中的茶，一次次的冲泡，叶的那抹新绿被释然了，水却被那颗冲泡和寄予厚望的心给染着了。师父是那杯水，徒弟是那抹茶，茶被水用心滋润到一次次升华、一次次淡雅、一次次朴素；水却因为对茶的那份用心和操劳，被渲染上苍老的颜色，在时间的流逝中，那杯水默然离去。

千百年来，人们夸赞的是茶味的醇厚，却不去在意泡茶人的用心和用情，文人笔下赞颂的是茶，却忽略了那杯水。我认为是因为缺乏了那份对真善美的追求，缺少了一分人情练达，所以人们才把世俗带入了文章，带进了杯盏之间。

没有水的灌溉，何来茶的悠远？没有泡茶人的默默无闻，何来品茶人的升华？尽管世风如此，师父却一如昨天，默默无闻地灌溉，那触动内心深处的大道至简，尽管繁华上演到不能落幕，他都能做到如如不动，一如既往地将这份信仰发扬光大，将这份禅茶的真理灌输给我们，打开我们的心扉，让这杯水的纯净感应着我们心灵的包容。

这世间从来不会缺少任何道理，只是缺少能感动自己的人，不是身边没好人，而是我们没有善根。想到此处我便豁然开朗，枯木中亦有禅可寻。

茶，一场简单的皈依

—

闲暇的时光中，总会为师父沏茶，与师父喝茶，总会在闲情的交错之中得到几分逸致。师父的茶极为普通，亦如他桌上的杯盏一般，在古朴中弥散着岁月洗礼的厚重，给人几许安稳。尽管如此，这杯见证岁月沧桑的茶，没有半点岁月的尘埃，与师父喝茶的时光，在杯盏的深邃中见证岁月的无痕。

多少次，将杯盏交付于师父的面前，沏上一盏清淡自持的茶，那颗在无常之间跳动的心，便可全然分明。茶，是那盏茶，但师父的话经过茶的滋润和过滤，亦如明镜般透彻。

“故人譬如槃水，正错而勿动，则湛浊在下而清明在上。”人心如此，茶亦是如此，茶性更能释然。茶与水的交融，在一盏空杯之中被包容，茶杯从来不会分别什么是茶，什么是水，只是人被一盏息心的茶水洗礼后，还不得安宁，执着到以此分别事端的种种，永无止息，日日奔波。不过世间总有让人欢喜的时光，如同茶杯中的世界，从来不会听闻外面的世界如何言语，一如那般在杯中静静酝酿，将自己生命的灵性渐渐地流淌在众生的体内，洗去念头上的妄想和舌尖上的是非之言，也模糊了肚肠中的盘算，打开了胸中的经纬。茶是慈悲的禅者，也是与你喝茶的那位师父。

有智慧的人不需要任何身心的束缚，也不需要任何修行的清规戒律。一如师父那般，他不去分别什么，只是与水的灵性交融，独自在杯盏中的道场去酝酿自己，在一盏茶杯中闭关，不去听闻种种无关紧要的闲言碎语，然后再把自己的韵味传递到众生的嘴中。一场茶与水的洗礼，在清净的熏陶之中，让众生反观诸己，如茶一般的自持。

师父的茶心，全然交付于茶盏之上，他在与你喝茶的同时，也教会了你明心见性，发现世间本质的种种方法。诚如师父所言，茶桌如棋盘，棋局的胜负，自古以来都是对弈者迷惑，而旁观者清澄，沏茶人也是这般。在你沏茶的时候，师父会看着你，端详着你的内心世界，然后在一杯茶中点拨你，尽管这个过程是难受的，但是也是微妙的。此时你的状态如同壶水倒入盖碗之中，水与茶还是一片混沌，师父此刻的话，就是让你认真、正确地面对事物的不同状态，不离自己的本心，不要被混乱的局面迷惑到不知所措。一如沏茶那般，学会让心灵平静如水，深入审查，正错是非如如不动。

云白山青，川行石立，万境自闲，却是人心自闹。我喜欢净几明窗，好香苦茗，在一盏茶中，与师父的亲近之中，自觉万缘都尽，哪管人是人非。

性源既湛，则铁面铜头，化为诸佛。茶是清澈通透的，如同师父那般，它能将你心中的冥顽渐渐消融，一番正知的洗礼与进化，让你充满智慧。师父有智慧，茶亦有佛性，草木有情，更具禅者的智慧。

师父在百般付出之后，从来都不曾说自己的功劳。茶亦是如此，从来没有贡高我慢，茶历经春秋，看过花开花落，但从来不说人短，也从来不说己长。师父是精进的，茶也是时刻警醒的，“成德每在困穷，败身多因得志”，师父在一盏茶中，让你学会淡泊明志，宁静致远。

茶，一场简单的皈依，略过了浮华，在时间的流淌之中，一场朴素的美丽，从一片树叶上滴一滴甘露到心间，将时光的闲言碎语，净化到如同迦陵频伽那般出和雅音。

衰草枯杨，总有一种说不出的暗示，似乎将要去度化你，多少次寻觅，原以为这里曾为歌舞场。也就是在这杯茶中，你看到了生命的又一种生机，方才醒悟，这是灵性的另一种容颜。此刻不必惊讶，其实此时的容颜，只不过是脱去了浮华的外衣，上演了一场质朴的表演，让你醒悟人间，不再为无端的种种百般纠缠，学会让自己的内心世界安然。

间茶館
時光有限
續水無

山水人情，岁月静好

—

我与潮州的缘分，现在细细想来，还要感谢一位长者——达亮文友，这一座城市的人情，倒是符合了我心中的那份欢喜。潮州城，或许很多人给它贴上了凤凰单枞的标签，我却不以为然，一条古老的巷子，长满青苔的石阶，幽巷深处的打铁铺子，往来的商贩，卖古玩字画的吆喝，这些都是潮州城年复一年，不曾消失的声音。

有人曾形容凤凰城是水墨丹青，置身在潮州城的巷子和古村，我想岭南的潮州城也是如此。温润的空气中，连路面的灰尘都显得滋润，阡陌交通，安然有序。

潮州乌岽山，来过便不愿离开。凤凰单枞是潮州人向来客表达自己情感的一种方式，潮州城的味道就像他们的工夫茶那般浓厚，用上潮州城的水配上当地的茶，这便是地地道道的潮州味了。

潮州城、开元寺、凤凰镇、乌岽山，或许听到这些名字的时候，便有一种悠然而至的感觉。每个人来潮州城的因缘不同，或许在旅途的使命中，我们无形中追寻着什么，是茶，是心，是美好，还是慈悲？潮州城都会让你带着反反复复的探索，去追寻内心世界的宁静与美好。

凤凰镇，乌崬山。反反复复来潮州城好几次，都没有机会置身在这山里的镇、镇里的山，这擦肩地来回，最终庆幸我们相遇了。

每个人都是带着故事来到凤凰镇的。如果说是喝茶，我想只是这个故事的缘起而已，一片山水人情，一番暗香浮动，都足以让你来到这座没有纷扰的凤凰古镇。

潮州凤凰镇的大排档，如潮州城一样有着古老的故事，小镇的建筑在慵懒的日光照耀之下，如同墨染那般娴雅。我谈不上喜爱凤凰单枞，也不能说置之不理，去不留来不拒，这是凤凰单枞赋予我的处世态度，就像我印象里的潮州那样，一把铜壶、一盏紫砂杯、一抹茶、一席过客、半打粿条，有了这些足矣。

我们不曾约过，只是对此向往，这便促成了与月印师和方栖师的一同到访。凤凰镇的峥嵘岁月不用任何人来述说，那一座桥，一条通往山上的蜿蜒山路，就足以让你明白。凤凰镇的茶人，从里到外散发出悠闲生活的闲散气，或许我称呼他们为茶人，是一种不恭敬；称呼他们为守山人，我想也不枉当地的老茶农对我们的热情款待。

一路走来，月印师从骨子里散发出的对茶的喜爱，倒是感动着我。我忽然明白一个生活的小道理，何谓特长，你现在愿意做的就是你最大的特长。在生活和生计之中，我看到的是一份对心灵独白的追求。一泡山水清凉，一年光影酝酿的满杯茶香，这便是这位老茶农，这位守山人送给我们的见面礼，没有丝毫的做作和人情往来的牵强。在这一闻一品之间，这位守山人将山中十几年的守望和期许沏入茶杯中，昔日因身体原因不大接触单枞的我，也被莫名地感动了，拿起这杯茶，感到格外的厚重。

大家都喝得认真。我的认真来源于对这份岁月静好的相知与感动；月印师的这份认真，我想也是由于十年行者的蹉跎与弹指之间的那份路过，才在此一并谢过与感恩。

这杯茶，不带寒暄就已经深知，杯中的味道凝聚着四季的轮回，手中的温度散发着敬意的真味。虽然此刻是年末，深山中的墨绿到底是染到了我的内心深处。在这份对绿意人生的追求之中，凤凰山已经披上了夕阳的余晖，我们披着晚霞，伴着夕阳，在老茶农送别的目光之中，越行越远，背后的山也在渐行渐远中“后背更比前背高”。凤凰镇、凤凰茶，我想也就是如此，在一代代传承中——后辈更比前辈高。

这是茶农家风的一份传承。作为行者的我，虽然只是这一方山水的过客，来过却未曾离开。那双脚沾满茶香的泥，总有一个人在那里等着，在岁月之中感恩着，那份被时间碾碎的勇气，不经意间在茶香和生活中渐渐变成洒脱。

来到潮州城总会有不同的收获，这里到处都是生活的答案，关键是愿不愿意带着自己的卷子来到这里。铁匠老师傅的铺子，牌坊街下的茶庄，老茶农碗里的单枞茶，都会给你讲这里的故事，都会告诉你这里岁月不变的答案。

一如白茶的从容展开

随着我们阅尽人事的沧桑，过程对我们而言是愈发模糊了，不知道是岁月把心灵的那份纯真偷走了，还是我们失去了本真只为索取。

烟花易冷，或许是看惯了烟花瞬间爆发的美丽，然后消失在夜幕之中，这一瞬间，于我而言，是一场天空绚烂的开示。茶香难留，对我来说也是如此，到底是为自己沏一盏茶，还是仅仅为了别人做一场华丽的演示？然而，更多的时间，我想自己是迷茫的。

我相信每个人都想给自己的灵魂一份清净，但是所谓的生活让我们扮演着太多的角色，都说雾里看花美丽，那是因为距离的原因。人最远的距离是认知自我，远离颠倒梦想，诸多恐惧都是因为心灵与正念的距离相距甚远，才至于此。

一位法师曾经说过，“不只是爱情，一切都很短暂”。深夜的恐惧，终究会在破晓的那一刻迎来勇气。一切都是短暂的，人生的舞台不可能只让消极唱独角戏，有些人本末倒置，忘掉了自我，与最平凡的那个自己为敌，最后把自己变得不像自己。

于我而言，不如在闲暇的时光中，煮上一壶白茶。我喜欢白茶的直接，泡白茶不需要太多的讲究，白茶是善良的，它从来都不会畏惧这杯水如何。放在眼下的时光，我们都太缺乏安全感了，所以我们顾及太多。白茶不需要你去证明什么，但是人我之间就需要承诺，白茶从来不会欠谁什么，因为它知道许下的承诺是一笔未偿还的债。而人我之间，明知道承诺是一笔数不清的债，还依然纠缠不清。

也就是那么一炉火、一壶水，白茶便会纯真地将自己的能量和感动从容地展开。白茶通过水，将自己对大自然的美好认知传递给每一位品茶的人，毫无保留。喜欢白茶就在于此，在每一个唇齿之间，每一张脸谱都是不一样的，人我之间的交往都是在这张脸谱的包装下上演着不可复制的戏。一杯茶的飘香，绝对不是因为纯粹的沏泡，而是因为直接传达味道与心灵的美好，这才会让无数茶客在岁月的洗礼中流连忘返。但是人我不一样，孰是孰非都需要一个故事承前启后，当经历是非的碰撞，最终看尽了生命的跌宕，才知道其中的滋味如何。这样的结果未免牺牲太大了，何不像一盏白茶那般，在水火之中展现自我的本性，传达自己的认真？如此，用真心换来了别人的知心。

一切都是短暂的，人生的舞台终究都是要落幕的，不管你有何背景，就算落幕的方式不同，结果也都是一样的。人生与茶道是相同的，最终都要散席，有些人选择了一个优雅的转身，从容离去了；有些人丑态百出，畏缩掩饰，徒增一场尴尬。

每一张茶席都是一场结缘，即使这杯茶没有展现到极致，别忘了失败也是生命的一个主题。失败的出现就是为了迎接成功，所以茶人或茶客，从来不会在意一杯茶的失败。一杯茶包容的不仅仅是美好，还有慈悲和宽容。

明白白茶的从容展开，才能知晓自己的味道。左右太多，会将自己变得忘掉本真与自我，沏茶也是如此。

有时候美好与芬芳并不是不在，而是你不在意，是那些空有的繁华让你忘掉了那份恬淡。茶之所以一路滋润，是因为历经风雨，一直真情至性。从自然而来，不去做作，流露本性，触动内心的永远是那份美好与真诚的加持。

一年好景

你来了，
茶刚好为你煮上

午后小睡初醒，忽然听到外面一片雀跃，欣喜地打开窗子，原来是几只猫儿在廊檐下，借着阳光的明媚，肆无忌惮地抓耳挠腮，互相取乐。

阳光毫无商量地从隔窗溜进我的寮房，篮子上的绿萝在阳光的沐浴下也显得不那么慵懒了。我漫不经心地燃一炷香，翻开桌前的经卷，准备在文海禅心间体验一份自在悠闲。

谁想，桌前的那盏茶，总是不经意间进入我的视线，撩拨着我的心。虽然此时，经文读到欢喜之处，但是这盏在冬日阳光下静坐的茶，让我好想走进丛林道院，感受山光悦鸟性的舒坦。

有时候心血来潮，妄想在滚滚的煮水中拂去内心世界的浮躁，也奢望在一抹茶香中明了色香的虚妄，但是在起心动念的那一刻，总是有万般的牵绊，让心灵不得安歇。

在指尖上拂过的阳光，在舌尖上萦绕的茶香，在壶中翻滚的汤水，看似没有灵性的事物，却演绎着有情的故事。有时候，心灵的步伐早已将这些美好甩到了天边，当去寻求的时候，才发现已是遥不可及。茶带着心灵的尘埃，却以水的悟性作为灌溉，在尘埃中得以清净，如莲花般出淤泥而不染。在尘埃与灵性之间，在茶与水之间，我总妄想两全，哪知不负如来不负卿，原来也需要智慧与福报。

一段时间的疑惑，殊不知心中的尘埃早已蒙住了水的灵性与悟性，还在那里执迷抱怨茶的味道不遂人意，岂可知人意最是无常。也就是冬日的这抹阳光，在光与影的瞬间，让我内心的世界尘埃四起。在虚与幻之间，我才知道，原来是多日的懈怠，导致自己与心灵的自由挥手告别。

当下的念头，便是收拾行李，带上属于自己的杯盏，走进深山的丛林道院，在满山落叶的萧瑟中，去寻找心灵的源流。

行至半山，忽闻一声“起”的呐喊，沸天震地般在整个山头盘旋。这是从禅堂跑香时禅师们的呐喊，即使是执迷之人听到此声也会幡然醒悟，瞬间将自己内心的聋哑世界打通。

当我放下包裹，走近师父寮房之际，师父翻着经卷，在袅袅沸腾的烟气之中阅读。茶香顷刻之间扑鼻而来，我双手扶在师父的膝盖上给他老人家顶礼。师父的容颜就像是罐中存的茶，虽然沧桑，但是不失禅者的韵味。

师父说：“来了，不早不晚，刚好茶给你煮上！”师父的茶不是给任何人煮的。这盏茶，师父煮得随缘，而不是刻意分了三六九等，因为没有任何牵绊可以去左右师父。于我而言，与师父喝茶便是自在。

多少次我也效仿师父的那份心思，不想却是东施效颦。师父的茶，师父的水，是经过岁月的沉淀酝酿出的一番道理。师父的那份随缘是别人无法模仿的，倘若执意如此，便是随便了。壶中世界翻滚的声响，如同自己的内心世界，太多太多的声音左右着我们，让我们无法挣脱出来，有时候在诸多声音之中，我们忘记了属于自己的声音。

这滚水的声响，在不受任何外界的评判下独自酝酿自己的味道。嘴是长在别人的身上，味道却需要自己去品鉴。别人口中的好坏都是别人衡量的标准，少不了个人喜好，我们没必要去迎合别人的喜好而改变自己应有的味道。不失本我，却能以自己的味道去熏陶别人，这是一种升华，亦是茶的佳话。

亲近师父犹如喜欢茶一般，我喜欢茶的味道，因为茶如师父一般，让你豁然开朗，你却无法描绘它。师父亦是如此，与你并肩的同时，总会有一段距离，让你与师父保持一条平行线。多少次我试图将这条平行线交叉，却发现越是努力，越是渺茫。就像我去酝酿茶一般，往往都是在酝酿茶的过程中，自己被茶熏陶了，渐渐地，自己也被茶给酝酿了。

其实生活便是如此，我们不要去找幸福的生活在哪里，而是要生活在幸福里。学会自我酝酿，才能在辨别外界味道的同时，悉知自己的味道，总不至于在纷纷扰扰之间，迷失自我。其实，茶就是如此，无论岁月如何沧桑，茶依旧在光阴中沉淀自己，等待着与水的相遇。在此期间，茶不会为了四季的轮回、朝代的更变，更不会为了贫富的差别去改变自己的味道，唯独在岁月的长河之中，茶才会变得古朴厚重，韵味十足。

或许师父会老，在岁月的长河中，师父看遍了世事的无常，也尝遍了世间的味道。在人间烟火之中，我深知师父会如茶一般，将正信的力量蕴藏在自己的体内，然后等待有缘人的出现，将这份力量一代又一代传承下去。或许哪一天，师父老去了，离开了，但是我依然相信师父的存在，如同我写的那首诗一样，“莫道古树老，枝叶年年新”。谁也无法想到茶的一次重生竟然能换来世人欣喜的味道，让无数茶客留恋。我相信师父也是如此，即便是离开，也是一次新的重生，因为刹那间的凋零，便是永恒的盛开，希望便是如此，生命更加伟大！

聆听师父与茶的对话，你来了，茶刚好为你煮上。

杯是成就茶的

—

尽管这么多年过去了，南方的回南天依旧让我不适应，都说春天能给人带来很多希望，我却慵懒在书房中不愿意外出。其实在南方，尤其是春天的南方，大街小巷，只要有大树的地方，放眼望去，到处都是落叶。淅淅沥沥的小雨，让人无精打采，可能是季节的转换，让我的睡眠有些轻，素日里，也只能泡上一盏茶，打发浮生半日的闲散。

时光是简单而又极其平凡的，并不是下雨就要关窗。煮茶听雨，即便是在潮湿的雨天无精打采，也会在翻滚的炉水之中得以精神焕发。

一段时间的案牍劳形，总找不到理由让自己停下来歇一歇，也就是在这初春之际，方才在慵懒中，一路回顾去年的光阴里所走过的风景。就像是杯中的一片茶叶那样，在浮浮沉沉之中，或许一缕芳香在杯底暗自浮动，不曾有人注意，但还是在一杯又一杯茶的滋润之中，填补了茶人昔日生活中枯燥的不足。

吃茶之时，我总会仔细地端详着，沏茶人拿起壶，缓缓地将水注入盖碗之中，水在上，茶在下，一注水连接在壶与盖碗之间，似乎总是在传递着什么。在这种流淌之中，一次不经意的恍惚，竟然不明白，到底是水润了茶，还是茶香了水。生活的答案总会让人以不同的因缘成就诸多的不可思议，究竟是迷还是悟，在多少杯的放下与拿起中，都不得知晓。

难得糊涂，这不仅是做人的智慧，或许也是沏茶的一门艺术。茶人与茶的思考，更多时候不需要太过较真，一盏茶、一壶水、一派山水清音，也或许是在屋檐下细听风铃的声响，只是需要你静下来，为他人，也为自己沏好茶，便是对茶最好的回馈。

有时候找不到答案，停下脚步，待时光将答案摊在你面前，一切都将豁然开朗。或许那个时候，生活的种种误会、孰是孰非都会随着一杯茶渐渐淡去。林林总总之间，有时候索取不到，一个转身去分享、去奉献，便是另一种得到。

生活中总会有那么几个不请之友，悄无声地到访你安静的世界，然后一次不经意的启发，如茶水般洗涤你瞳孔世界里的灰尘。春雨无声，看着窗外的老树，古旧的屋檐，殊不知无声的寂静中正要孕育着新季节萌发的生命。

看着窗外的世界，等待着新生命的萌发，希望真跟着来了——茶友带着一位景德镇的陶艺老师，踏入了这古旧的院墙，在小院的花木之中，讨上一杯许久不曾有过的禅院清茶。老友带着新人，无论是疏还是熟，这壶茶总是这样沏着，不曾有过分别，不曾有过保守，这是茶人最简单的一颗心，也是最纯真的一份表达。

些许茶话闲谈，总会掸去生活的那些灰尘，毕竟茶是清净的。脚下的那块土地有高低之分，但是人的内心最惧有高低之分，可能是对生活的分别之心，总喜欢让人一比高下。这是一种负担，也是一种茫然，因为人总会乐观地高估自己，所以才会显得如此孤独。生活中，难得的是静水流淌，力争上游并没错，但人我缺乏的是一种和气。这是陶艺老师给我最大的启迪。身为一位茶器的陶艺人，最难得的是一份坦诚，在一杯小饮之后，陶艺老师淡然一笑，一句“杯是为茶奉献的”让我分外诧异。这杯茶奉献出去，于我而言却收获了一份谦虚，不争功、不显露，这不仅是一种风范，也是一种气魄。到底是水润了茶，还是茶香了水，都不重要，重要的是奉献。

给别人留转身的余地，自己才有大道可行，美好是共筑而来的。

茶之所以那么清香，是因为它懂得把自己放在下面，等待壶中的涓涓细流缓缓滋润。茶之所以有海的度量，是因为它懂得把自己放在最低点，也懂得水往低处流的道理。茶不去违背，不去炫耀，只是在茶器中静静地等待着，韬光养晦，有朝一日润了自己，也不忘清香了别人。

把纷扰沏到壶边

—

也该是采茶的时节了，掰掰手指头算算时日，俨然是差不离了。但是南方的回南天气，一直让我不敢开窗，置身在室内的自己，终究是错过了老树抽新芽。

尽管如此，我还是会把这份可惜，沏成一盏茶，来弥补我心中的缺憾，因为我知道茶可以化解我心中的那份惋惜。其实人与人之间亦是如此，错过和误会都是以不同方式来面对人我，茶亦能宽心。我始终相信，心与心之间，倘若能多一份包容和宽心，便会少一份纷争和缺憾。

我感谢因缘能给我一次错过老树抽新芽的机会，因为我忽然得到了一杯水中的绿意，有些事情我们可以忽略过程，比如说理解，这个比什么都重要。我也感谢这盏茶给我的一场开示，它以自身的诠释，供养了一份宽心。

看着窗格上落满了灰尘，我才知道窗外的世界被隔开了，心灵的窗户也被关上了。近半个月的回南天，已经让我开始浮躁不安，以至于忘却了壶中翻滚的茶水，杯中舒展的茶叶。其实，这些都是我打发无常天气的知己，但是关键时刻，我早已把它们置之脑后。

心静才能听到万物的声音。在沏这盏茶的时候，我似乎能观察到这坯茶也受到了回南天的影响，成色渐变。但是，壶水的浸泡，冲走了空气中弥漫的潮气，在茶叶舒展的那一刻，我相信茶在与我对话，只不过是我内心世界容不下这些声音，以至于听不到罢了。

水深不语，人稳不言，杯中的世界就是大美无言。我那颗漂浮的心，早已游离在妄想之中，何以能静观杯中的事态变迁？茶清，才能淡泊所有味道；人清，方可看到万物本质。茶如人，谁都逃不过岭南的回南天。但是，在沉浮之间，茶选择了沉淀在杯底，选择了一颗淡然的心，然后让水沏走一切纷扰。

这杯茶的聪慧，足以让我毫无保留地将自己那颗心沉淀在杯底，然后将纷扰和烦恼一饮而尽。

沏一盏茶，让自己静心，静心的过程方净其心；沏一盏茶，再让自己劳心，在过程中尝试各种滋味，方可让自己清心；沏一盏茶，让自己用心，全然赋予其中便会用情，方可知道自己亦有禅心。

用此三心沏三盏茶，一盏供养自己，一盏供养天气，一盏供养你。茶静，心净；水净，心清；茶心，有情，一盏茶有你，一盏茶有他，一盏茶才有我，方知一壶水有天下。

季节在换，天气在变，茶心不语，欢喜不言，一盏茶任天气变幻，依旧将美好滋润心田。不语将大美送到唇齿之间，茶情与茶心便连成一线，此刻我们再看看，无净之水早已把纷扰沏到壶边。

伍

Chapter Five

清净无诤

在简静度日中别无所求，弯路都是直路；
在几卷经书中品清茶数盏，痛苦亦是甘甜；
在世俗纷扰中返璞归真，吃亏如同受益；
在檐角细微中随遇而安，无情化作慈悲。

微信扫码，加入【本书话题交流群】

与同读本书的读者，讨论本书相关话题，交流阅读心得

茶凉了，我给你满上

很长的一段时间里，我认为师父是苛刻的，有时候甚至觉得师父是蛮横无理的，在那青山古刹之间，尘缘、执念都与出家人无缘，所以对于那时候的我而言，一切有情皆过往。

若说出家人无情，为何佛性慈悲？若说出家人无情无理，为何那岭头山色的枯木成为师父的忘年交，那晨钟暮鼓成为师父的所爱，那杯水中的一抹新茶成为师父的不请之友？

师父爱茶，不同于他人对茶的喜爱，世人爱茶，多贪恋于色、声、香、味、触、法，世人对茶的喜爱取决于对色相的执着和分别，而师父对茶的喜爱，多了几分清淡自持，静坐蒲团之上，同时也平添了几分安详和自在。

茶如人情世故。世人喜欢锦上添花，殊不知“锦上添花无人记，雪中送炭情谊深”，即便如此，世人的交往多半掺杂在人情冷暖之中，他们不知锦上添花是多余，雪中送炭才是慈悲，这一切都是因为人情的往来蒙蔽了我们的双眼。在茶桌上，师父只是将茶泡到淡而又淡，让你静静地品着，从无味中领悟人生百味，从淡然中笑看缤纷尘世。端起这杯茶，听着师父的话——世人都喜欢锦上添花，但是锦在哪里他们都不知道。

锦在哪里？看着这杯茶，看着窗外的菩提花开又花落，这锦在水中，在眼、耳、鼻、舌、身、意中体味“茶分六色水为母”。

锦在哪里？看着这杯茶，看着水壶中绿叶沁水做剧场，这锦在器中，在色、声、香、味、触、法中领悟“法无高低心做宗”。

后来才明白，这个锦上添花并不曾离我们远去，它不在六色六根之中，也不在极乐红尘之内，它在我们的心中，在我们的分别之中。

正是有这份分别之心，我们才划分了直路和弯路、痛苦和甘甜、受益和吃亏。在这人世间，我们都有一个共同的特点，那就是惰性。我们总会在心中盘算着吃最少的苦，走最近的路，然后收获最大的利益。如同品茶一般，茶中的味道是浓是淡、是冷是暖都需要亲自去尝试，有些事情别人可以替代你去做，但是感受，别人是替代不了的。倘若缺乏了这段心灵历程，你的人生再辉煌都是苍白的。

人生如茶，百味掺杂；茶如道场，自己体谅。正是如此才会有那么多的僧人出家，明知道修行的不易，还是前仆后继，在愚人的眼中是看不开，在智者的眼中正是因为看开了才会出家。

在简静度日中别无所求，弯路都是直路；在几卷经书中品清茶数盏，痛苦亦是甘甜；在世俗纷扰中返璞归真，吃亏如同受益；在檐角细微中随遇而安，无情化作慈悲。

如果说我是一个茶客，未免过于牵强附会，我充其量也只是一个过客罢了。即便如此，我也不会伤感，因为我不愿意在人间的茶桌上停留，毕竟人间的茶客不知何为锦上添花，他们在清茶数盏之下依旧翻滚着尔虞我诈，在涓涓流水之中还是品味着尊卑高下，他们的心中依旧纠缠着人情世故。

或许师父的茶桌也是如此，一样有分别，一样区分着愚者和智者、有情和无情，但是师父在这张茶桌上总会多准备几盏茶，任尔等是愚是智，是官是民，师父一样平等相待。他的慈悲相容、智慧授教，使人感之学之，使愚者开蒙，使智者开悟，使官者以心系人间为道场，使民者以身赴社稷为修行。

修行之人，即便是最后寂灭无人知晓，我们也不能说这是一种缺憾。不管是在师父的茶桌，还是寺院的道场，我们超越了情仇爱恨，洞察了喜怒哀乐，这一切的一切于出家人而言，都像是一杯茶一样淡而又淡。

不管你打哪里来，是衣衫褴褛还是整装待发，这杯茶依旧给您倒上。茶散之后，师父的茶总能用如如不动的心境等待着你，从春秋等到冬夏，从花开满园等到硕果累累，即使是再相逢的时候，这杯茶凉了，我依旧给你满上。

茶香人情，杯盏不是清净身

有人常问，茶喝到最后喝的是什么。我喜欢纯粹，于那些“旁逸斜出”的边角之事，或许是一笑而过；于茶，我有属于自己的追求，但是从不奢求。茶是因水的纯粹而酝酿出来的，我想这便是大道至简的一种体现吧。

如果有人问我喜欢什么季节，我会非常纯粹地回答喜欢初春和深秋。兴许是每个人对宿命的理解不同，一派清音、水何澹澹都在山水的自然之处，生命的萌芽和飘零都在缘起缘灭之中，创造了不可思议的因缘。人我相聚分离，在朝朝暮暮看尽熙攘人群的匆忙，终究敌不过慈悲二字。世间的一切，就像是茶与水之间的相融过程，在包容中看淡一切，独自酝酿宿命的不同世味。

水，释然、自然、纯粹的一种最佳体现。心灵与共的那种美好，让水的透彻邂逅了茶的绿意；茶味的好坏与否，是水散发出的简单与自然。山水清音在于自然的如如不动，一抹茶绿，也是山光悦鸟性的怡然。

山色是如如不动的，只是人情的嗜好一直在世味的咀嚼中趋炎附势。溪水潺潺，在流淌中舒卷茶的慵懒；许多人喜欢蜗居自怜，日久便待价而沽，茶的味道便失去了本真。随着不同的喜好，茶便酝酿出不同的味道，在谈笑风生之间，在附庸文雅之间，那盏茶杯早已不是清净之身，而只是世人手中把玩的物件而已。

山水，酝酿了清泉的叮咚，在空山新雨之后，滋润着山川灵气；在潭影空人心的清澈之后，那明月松间照的丛林，便是茶的最好去处。蒲团静中坐，看世事兴变，在水的自然之中，杯中郁郁含烟，在茶味由浓转淡之下，一如你的本来面目，在来来往往中安然随缘。

自然，自古不是人能超越的，人我之间的相争已是“早起迟眠不自由”，可往往有颠倒者，与天争，与地斗，破坏自然，建设假的山水清音，到最后不过是徒劳无功。随着人情世故的无常巨变，早已是满目沧桑，若心与自然心灵与共，无限慈悲，那山就是最好的杯盏，盛一抹万绿之中的心意，在茶中袅袅升起那如水的倦意，于半醒半睡之间安然。

回归纯粹，那只不过是舍得放下而已，茶的味道向来不是喜好所能左右的，自然从来不会妥协于任何人。人却因为自然不能妥协于欲望，便施加破坏，做了一场黄粱梦，干尽了一切人间丑事。

杯盏向来不是手中把玩的，而是掌上的乾坤在瞬息万变之中，显示了丛林的自然；茶香的韵味向来不是尔等点评的，而是在山水清音中简单纯粹，质朴了自然的无形。如同人一般，人这一辈子遇到坎坷、遇到不顺并不重要，重要的是坎坷之后是否能让那颗心回归起初的自然；人这一辈子遇到了情、遇到了恨也不重要，重要的是喜怒哀乐之后，是否能够遇到理解和纯粹。

一盏茶，一抹香气，其实就是一场纯粹的人生。

一杯茶，孕育同一个慈悲的梦想

懒懒散散几日，心里总是纠结着，这难能可贵的天气，在空虚之中度过，不免觉得有些浪费。掸去书卷上的微尘，忽然觉得，没有茶的滋润，即使是一抹清净，也略带几分浮华。

一心不生，万法无咎，茶便是如此，无心便是对茶最好的注解。茶是世间最简单的一样爱物，却因为栖云之外，总有那么几分贪婪、几分人情的渲染，让茶失去了本然。爱茶，只不过是茶的新绿抹去满心的尘埃，给自己内心世界的一份释然。茶水在杯盏之间的流淌，只缘声闻，让你我在此相逢，杯与唇之间，水与心之间，循序渐进将美好与慈悲相融。

满心炽盛的欲望，在无名之火中蠢蠢燃烧，在来来往往的人群之中，用心极重、用心极多之人数不胜数。一盏茶，以清凉的姿态涓涓流入你面前的杯盏之中，不问你人情浓厚，哪管你人心惟危？这杯茶亦如湛然慈悲，在唇齿之间，渐渐渗透到你那如枯草般干燥的心灵之中，让你明心释然，在一时的浮名之后，这盏茶拂去了空虚的繁华。

也就是一片茶叶遇到水的释放，将那份舒卷的殊胜与大众分享，在一遍遍的浸泡之后，虽然褪去了容色，但是在壶与杯之间，这杯茶解读着“绿水青山是我家”的淡然。

心如茶叶，纵使在壶中这狭小的空间也能舒卷。天地之大，海纳百川，一如壶中的茶，不论天涯，不问海角，只要心中安然便能释放，这是茶叶最美的成全。人亦如茶，陋室空堂，山房独坐，心中无有彷徨，便能安然无事。静静地坐在蒲团之上，沏上一壶平平淡淡的茶，或翻一翻许久未开的书卷，或在滚滚的壶水之中，听听窗外传来的声音，风拂过竹林，一个不经意，袅袅香烟便萦绕在茶盏之间，沁到了你的内心世界。

心灵的茶盏，从来都不曾预约，或在闲庭信步之时，蓦然走进了这个世界；或在这个茶桌上不曾言语，但是对美好清醒自知，任随百转千回，一如那盏茶清气回荡。

简约，向来不是繁华之人所能理解的。茶的简约就体现在你百般的思虑，一路的担忧和筹划，到最后却发现，你与他相遇并非如此，之前种种的准备和策划，全然付于一场虚空。茶就是如此简单，他不需要你去准备什么，来了就泡，或好或坏，茶向来不会拒绝，生命的本然即是如此，无须雕琢太多，茶的内心世界以简约接受了一切。

在这世间，往往是我们的心机让一切变得复杂和机关重重，放简单一点，其实很多东西都可以释然，并非如此艰难。没有心机的隔阂，便会迎来茶与水的流淌，人与我之间的温暖。世间种种，只需要一个慈悲，便可大同；也是因为一份私心，瞬间相差千里而不同。

一杯茶，在同一个世界，孕育同一个慈悲的梦想！

禅茶一盏，在内心深处观自在

山水的灵气，在于自然。身居闹市，虽然没有参禅的寮房，但是一盏充满慧心的禅茶，便可让我们在内心的深处观自在。

我们都是宿命的过客，在旅程的行囊中，我们渐渐地背负满身世味，然而我们却不懂得如何放下。在生命的旅程中，忽然有一天，我邂逅了一家茶的驿站，这里有过客，也有红尘中的奔波者，但是在空灵缥缈之间，还有几位禅者，在一盏茶中，体验生命的觉悟。

他们不同于宿命的过客，也不同于红尘的奔波者，在他们的生命中最让人感动的地方，便是在纷纷扰扰之中，他们能在一盏茶中细细品味，在茶的味道中觉悟生命，所以在万象的人世中，他们能在一杯茶之间安放自己的生命归宿。

一盏茶的灵性，如果你能在自然的韵味中得以熏陶，有所觉悟，那纷纷扰扰的生活之后，便能找到精神的落脚点。一盏茶，能让你变得简单，在这个世上，太多的道理不需要你一一去明白。在世味中，学会过滤，在一盏茶的工夫后，面对种种，亦如自己起初的那颗心一般，在世味的染着中，只要品到一份安宁，一杯平静，就好！

简单的拾得，简单的冲泡，就是一盏茶的自然，这便是万物给我们心灵的回馈。或者哪一天，身居一夜柴门，得几滴甘露禅茶的滋润，晨光熹微中我们再次返回烟火世俗。那一刻，在观自在中，我们豁然开朗；在春花秋月中，我们淡然生老病死，豁达浓淡是非。

禅茶一盏，在内心深处观自在。在茶的生命味道中，我们留一份从容，尽管它亦如茶的颜色那般，渐渐地褪去色泽，但是我们把纯粹交给了自己。在内心深处我们一如既往，不为任何事物改变自己半点自在的容颜；在万里青山，一曲梵音中，我们将曾经欠下的，用自在的姿态一笔勾销！

静水禅思，邂逅岭南水乡的情怀

弹指之间，在岭南已经度过了三个春秋。很长一段时间的案牍劳形，让我无暇静下心来品茶，一次不经意间听到雨打芭蕉的声音，衬托着古铜色的院墙，才知道原来已是一叶知秋的季节。

依稀记得一位茶客说过，在岭南品茶，是一件非常享受的事情。于是我作为一个行者，只身走遍了很多岭南的角落，或在过眼云烟中，或在白云禅院中，或在古巷街道中，几番寻觅，只为感受岭南水乡的韵味与静水禅思的茶味。

熙熙攘攘的人群是羊城的特色。有时候，还能在不经意间发现这座城市独有的古韵，如同一盏陈年的普洱茶一般，愈发显得古朴高远，在喧闹中也显深邃宁静。

或者在生命的轮回中，我是羊城的一位不起眼的过客。于我而言，能够在有限的岁月中与羊城邂逅，必定是生命修行的一场旅途。陶醉在岭南，或许是自己钟爱岭南水乡的灵气，便落脚在岭南这座水乡的城市。

我曾在晨光熹微中，撑起一盏台前的灯，煮上一壶“山水”，泡了几抹陈年的普洱，翻开数页经卷，一边陶醉在茶香之中，一边念诵着经文。岭南水乡的人，绝大部分都对心中的那份美好持有一份信仰，兴许是水的灵性和滋润，让他们在人我之间保持了一份美好。古铜色的街道，来来往往的人群，时不时扑鼻而来的几缕茶香，伴着几位老人的粤剧小调，昔日这座奔波的城市，忽然如小家碧玉般安逸，这便是岭南水乡本来的面目。

岭南的水如果遇到了茶是会说话的。水的润泽在羊城渔乡的滋养下，愈发显得灵性，或许这是一份岭南民俗文化的传承，岭南的水就像经过了文人墨客的熏陶，朦朦胧胧之间，带着几分丹青墨色的美。茶，此刻便成为羊城的一个转身回眸的倒影，那种不可思议的情缘，撩拨着心弦，伴着禅院的诵经声，方才知道，不是幡动，不是风动，乃是仁者心动的那份真谛。

在羊城，我喜欢在百般闲暇的时光下，独自一人去往白云山，感受山水赋予人间的那股灵性。或许是对白云人家的向往，多少次深思为何对这块净土这般热爱，百思不解之际，一个不经意的思绪，便想起“白云生处有人家”。

慈云佛境，这是白云山赋予羊城的一份美好，几番追寻，我终于成为白云僧家的一位常客。云下僧家，在香烟袅袅中，几分婉转与飘逸。放下手中的那盏茶，站在殿前，那小桥流水人家的惬意，在此刻滋润着那双水灵的眼睛。不知道是茶的古朴让那双眼睛充满了智慧，还是寺院的梵呗让自己息心静思，刹那间，我亦如古人那般，静看寺院前的放生池上“流云漂月”。

清晨入古寺，初日照高林，白云山能仁寺在清晨的阳光下渐渐苏醒，禅房的花木在甘露井水的滋润下显出得几分宁静。浮生半日，最难得就是闲，置一张天然的茶桌，在阳光与树叶的交错之下，几番谈笑。泉水的叮咚叮咚，房檐风铃的叮当叮当，似乎让你分不清声在何方，如果不是一盏禅茶的清醒，生在何方，身归何处，就成为一世茫然。

岩壑幽深之处，水何澹澹之间，庄严静穆的山寺愈发曲径通幽，是禅声的空灵，还是茶香的古朴，不知道多少不知归途的人，在此地豁然开朗。一卷经书，一杯在流年沉睡的禅茶，百般疲倦之后，唤醒了味觉，洗涤了内在的空虚，在无我的世界中，让你满怀灵性。

梦里千百度的寻觅，在钟磬音的陶醉之下，岭南水乡的灵性，在云下人家，一盏静水禅思之中得以诠释。

一盏慈悲，沏就师父的茶

许久没有打开窗子了，一夜的春雨，给寺院添上了一抹新绿。昨夜雨打芭蕉的声音至今还在耳边回响，一股淡淡晨风，荡涤着人间的尘埃，原来此刻道场也在人间。

这抹新绿酝酿着几分淡泊的朴素，自己的心意不免全然寄托在那张已经干燥的茶盘之上。洗涤茶具，洗去那杯上的尘埃，用水滋润着茶杯。斟上清茶一杯，一股清香扑鼻而来，岁月如此静好。

人间有沧海月明，有蓝田日暖，也有无常的过客，在不经意之处，还有一番宁静等待着你去感受；有一番云水禅心，让无数人朝朝暮暮地期盼。有人觉得那个地方远在天边，殊不知此刻若能把这颗心拿来用人间的这杯水浸泡，便能体会其中的千百种滋味。

流溢在心中的那股温润总是挥之不去，在水的浸泡下，茶的温润再次邂逅了我。或在江南的一首诗中，或在田园山水的惬意中，总有一杯酝酿出生命绿意的茶水，安然在过去、当下和未来。

“当时户外风波恶，只得高僧静处看”，在纷纷扰扰、是非纠缠的人世间，在烟波、溪水、空山、鸟语之间，在丛丛绿叶之间，忽隐忽现的僧人，在虚幻和现实之间模糊了恩恩怨怨的界限。师父说他之所以对地藏王菩萨恭敬，是因为地藏王菩萨把地狱作为道场。那时候我以为只有铁马冰河、大漠孤烟才如同地狱，殊不知即使是渺渺的云水禅心，空空的妙韵梵音，若不能明了，也是人间的地狱。

师父的茶，在一夜的芭蕉雨之后，夹杂着空气中的温润，平添了几分生机，同时也掺杂了几分丛林绿意。不经意间，你会觉得舒张开来的那片绿意，是在佛陀的包容和慈悲之下心系众生，才越发显得生机勃勃，盈盈可爱。

有人说有仇恨、斗争、坎坷的地方就是地狱，可是这些所谓的地狱尽在眼前，如能静坐蒲团，去领略这杯与水之间流淌的无字经卷，你会发现地狱也可以让你福慧俱全。

几处转弯，尽显人间百态，泊下纷扰的心事，你会发现在这古刹禅林之间，所有无法迈过去的坎都是昨天。当下就在眼前，种种考验不过是一杯茶的工夫，如如不动，细细品尝间，便已云烟更换。

这杯茶略显几分苦涩，但滋润了禅心，卷走了尘世，后来就变得甘甜。没有一杯茶不是在滚滚翻腾的水中成为千百年来世人向往的爱物，纵使千年辗转，在这沸腾的清水之间，把一切枯叶释然，独留一份菩提甘露的清甜。地狱是道场，师父的茶便可以让你百般思量，汲取千年古刹的智慧之光，把智者的眼光倾泻在渐渐舒展的茶叶之间，豁然开朗。

春秋岁月静坐庭院，悠然之处放下万缘，滚滚禅水，在庙宇回廊、槛外青山之间，在方寸壶中泡出晨钟暮鼓，别有洞天。

有人红尘滚滚之后一身疲惫，是因为没有一杯茶可以让你去浸泡。或许你穿过了熙熙攘攘的巷子，路过了烟雨风波的石板桥，踏过了青翠嫩绿的青苔石阶，但是没有师父的那杯茶，纵使你还可以千般思量，还可以经历万水千山，此刻在这杯水的倒影之下，也是过眼云烟，被风卷去，被禅音渐渐消融。

喝着师父的茶，在这绿意之间，师父说人生种种的不顺并不是地狱，而是道场。一杯滚烫的水倒下去，只要茶肯思量，这杯水自然会慈悲，将那抹茶的新绿慢慢酝酿，洗尽铅华，在佛心之中自然显现人间的道场。

人生在世，遇到了情仇爱恨，遇到了纷扰是非都不重要，重要的是遇到理解。与师父喝茶的时光，一杯慈悲之茶便能洗去你心中的尘埃。只要将那杯茶消融于心间，自然也就包容了一切，纷纷扰扰不复存在，情仇爱恨经过经卷都会消融。人间是修行的道场，心系大千，来来去去，没有阻碍的界限。

在滚滚茶水之间，禅者的身影早已随着几许云烟卷去，但茶水却滋长着生命的包容和灵性，若能相知般若智慧，师父的茶，在一滴水中孕育慈悲之心。

过来人说“时光越老，人心越淡”，不敢去恭维这句话，但也找不出反驳的理由。眼下的时光，正是听牛毛细雨的季节，坐在门角一边，带着那颗不曾装裱的内心，静静等待一抹午后的春光，点缀着还未有茶香的席面。

是不是光阴的虚度，不知道多少次与时光清澈而又单纯地相逢，却不经意间擦肩而过，然后带着满腹的惆怅，寻找那份执着的时光。时常告诫自己莫向远求，明明知晓却依然煞有介事地绕道而行。

忽然觉得时光便是最直接的，无须左右，只要能进入的地方，就能毫无避讳地将一缕阳光带进来。初春午后的阳光，不曾有过折射，便从窗格之中、门缝之间跳跃到屋内的茶桌之上。从杯底掠过，在木质的桌面之上打滑，也有那么一缕阳光，透过那盏早已披上茶色的水，反射着如琉璃般的光芒，在杯与杯之间交相辉映。

等待只在一瞬，回首便是一生。世间的种种便是如此，没有任何人能侥幸地逃过，若说时光无情，却又在你心爱的茶杯之间，流淌着一段没有的经过，然后悄没声儿地抽身离开。清茶无语，时光的脚步更是无声，它们携手在素淡中含蓄地进入了你的心灵。

每个人的内心世界都是有美的，但是在岁月的历练之下，有些人的美就像是旅行者一般越走越远。这些人渐渐变得喜欢索取，总是认为别人的才是好的，总是认为隔岸的才是美的，殊不知是因为好高骛远才觉得彼岸花开。

在慵懒泛黄的阳光下，温一壶陈年的普洱，让茶水的流淌洗涤着阳光中的尘埃，茶越老越有韵味，越泡越发清淡。但是茶从来不去悲伤什么，世味咀嚼，茶依旧明白或浓或淡的轮回，但是人总是在或喜或悲的无常之中不能自拔。

每个人都会给你泡一壶茶，但是每个人的故事都是不一样的。人生的那杯茶，总会有很长的一段时间拿得起放不下，或许是茶还没有喝完，沏茶人便已离开，故事还没有完，就已经听不见了。没有一个人可以拿走你手中的那杯茶，不管你喝没喝完，愿不愿意换下一杯尝尝不同的人和事的味道，在这交换之间，似乎明白了放下是另一种拿起。

水中的茶是滋润的，阳光中的茶如琉璃般无暇，只不过是那黯然失色的瞳孔，和那无味咀嚼的唇齿，无情地错过了这段美好，这杯温润。看着这盛有茶汤的玉兰杯，与午后的阳光紧紧相拥，我想还是错过了一场大美的开示。

这大千世界，有擦肩也有重逢，有时候长久的等待，最终抵不过一次没有准备好的回首。用一颗得失从缘的心，温一壶心如明镜的水，沏一盏百味掺杂的茶，在寂静中出离，在无常中安住。

时光渐老，岁月安好。浮生半日，清茶一盏，唯愿不期而遇！

人事易淡，不过一杯云水茶

喝完杯中的那抹茶水，终究是该要放下。或许当一杯茶饮完之后，人事早已面目全非，终究抵不过放下二字，清茶不在，杯盏依旧，所幸那缕茶香依旧隐约。

山不替水，云不替雨，初心无法替代。那颗被染着的茶心也终究无可替代，只不过世事易变，那颗心也容易淡去，一如杯盏中的茶水，尽管茶客百般眷恋，茶水都将一去不返。或许你的惋惜根本不足以打动茶水。

刹那便是永恒，有些东西离去，些许悲伤胜过怀念。但是，茶无非是生命中的过客，似相非相，不以色求，不以相求，杯中的那抹茶抽身而去，空荡的瞬间便是充实。满杯的茶水，洗涤着唇间的是非，换来一身清凉，刹那间的消失，便是永恒的存在。

茶水不复存在，即使是你不愿意放下杯子，紧紧握在手间，也无济于事。或者放下杯盏，再续上第二杯，但是茶水的初心依旧是不变的，而我们的那颗茶心，随着自己的依依不舍，满杯的包袱不断轮流，一杯比一杯淡去，到最后索然无味。在抽身离开的那一刻，自己得到的就是那份冷淡。

茶不曾冷淡了谁，一杯茶的清凉，宛如生活的清淡。不要对茶奢求太多，一饮而过，清凉如洗，便是与茶最好的相识，从容于心。

山穷水尽，山水不曾断过谁的路，或许是我们素爱哗众取宠，一派山水早已是我们的过客，即便是有心借山水放松束缚，更多的人却是借假山假水来蒙骗自己的眼睛，不曾真正亲近山水的一派清凉。

人喜欢骗别人，有时候亦喜欢骗自己。茶从来不拘泥于任何形式，兴许有些形式是对我们的升华，但是有些形式却是附赘悬疣，山不替水，云不替雨，那些经过心思雕刻的东西终究不及自然。

学会喝完了便放下，不去贪婪，不去奢求，有来有去，茶亦是有味，心亦是安然。一花一世界，一叶一菩提，茶生前一片绿意，枯后一杯清香，茶予人清凉，我们理应用无染的心去感恩分享。我时常感怀，不知道要用多少世的色身才能融入茶的那颗予人清凉的心。

虽然轮回让茶叶离去，但是茶却在水与火中升华了。它以另外一种方式与这个尘世相守着，也只是等待有缘人能够在人事易淡的来往中，将那刹那间的领悟变成永恒。茶不曾言语，但是茶亦有情，虽然只是色身，但是茶亦以相投缘。尽管在无常的面前，茶渺若微尘，但一尘、一刹、一楼台，尘土亦是净土，茶身亦是佛身，禅者茶心，尘者禅心，轮回之中，一杯云水，饮山水清凉，心在般若中顿开。

云水卷去尘刹，两袖清凉禅茶，任尔等牵绊无须理它，可别忘茶中亦有灵塔。人事易淡，终究抵不过一杯云水茶。

山不替水，云不替雨，茶即是初心。

我也忘了是从哪里听来的，“泡一盏清欢就是一杯茶”，当时我就醉了。这种醉是一种素雅的醉，并不是酩酊的不知所措，或许带着几分的净化、几分的升华，也带着几分对宁静致远的向往。

茶是会说话的，但是它只和心对话。也是在光阴和人事的流逝中，我才渐渐懂得，茶看似一场简单的穿肠而过，原来是不可思议的累世因缘，造就了今生唯美的邂逅。茶客，是一个多么美的称号，带着几分的漂泊和不经意擦肩而过的韵味。蓦然之间读出了人间尘埃与烟火的味道。但是茶向来都是慷慨的，不问身世，哪管何方，方圆的桌椅上，一场与茶的盛世相逢，尽管看起来简单，殊不知这东来西往、四季轮回之中，是这等的沧海之量，一如流沙世界，毫无芥蒂。

喝茶的时候，我特别喜欢一句古人的话：“器大自有容，何必过分泾渭。语多则易失，总之勿涉雌黄。”握在手中的茶具，总是在不可思议的生命过程中，让你以此分明，茶杯之中，见证了一场生命的奇迹。在轮回之中，杯中的世界告诉杯外的客人，捧起手中的我，放下心中的你。

喝茶，是没有较量的，茶也是最柔和的，就像师父那样，在茶桌上，一盏清淡扑鼻的茶酝酿出师父内心世界的一派清凉。茶，在唇齿之间品出了几分人我之间的敬意，没有人情世故的往来，所以无须利益在心中上下盘算，茶盏不同于酒桌，茶从不较量，反而平易近人，心也会因茶而变得宁静。

流年似水，我更想说往事如同已经沏过的茶，谁都无法预料明天将会遇到谁，也无法改变昨天人与事的几经往来。许多人都走不出昨天，忘记了今天，畏惧明天。我时常为茶感到庆幸，茶在水的翻滚之下，除去了昨天的味道，唤醒了今天沉睡的生命，酝酿出明天留在舌尖的芬芳。做人一如水那般，静水流深，亦如茶那般学会时刻酝酿。

学会尊重生命的每一场洗礼，一切都是最好的安排。茶亦是如此，今生的宿命，在与水的相逢之中，茶水相融成为人们肚肠中的一位圣人，将人我心、得失心、毁誉心、宠辱心轻轻地放下，在茶水的流淌之中，卷走了纠缠，迎来了一场如甘露般滋润的解脱。

水深波静，这是做人的智慧，也是茶对我们最大的启迪。茶在无声的世界中将世间种种的声音都过滤掉，无言大美；茶以不可思议的力量让世人停下了说今道古、论是说非的话头，静下心来。在似水流年的岁月中，茶看似轻柔，却韧性十足。

我从来不敢小看一杯茶，毕竟万事万物都有它自己的语言，诚如师父说的那般，众生皆有佛性。茶，在片刻宁静之中，放逐茶客的身心，在无言的世界中，超然物外。若要净境，先要净心。茶，在唇齿之间，几经流淌，在茶客享受茶香滋润的过程中，茶水已将其心澄清净化，茶将人我的那份美好，带入了众生的内心世界，将慈悲留在你的舌尖。此刻心灵与共，共念美好！

有一桩与茶的邂逅，可能早已被时光打磨得毫无尘影，但是在岁月的洗礼中，禅者们的印象愈发深邃，这桩邂逅愈发跨越了距离和轮回。

可能是隔岸的佛缘，让日本的荣西禅师登岸宁波，世上总有不可思议的因缘，等待着有缘人的见证和相知，荣西禅师一路走来，认识了僧人重源，兴许是宿世的默契造就了今世的一致肯定，二人结伴来到了佛门圣地天台山。

“应供真人着眼高，海山来往不辞劳；也知为瑞为祥处，惹得天花上毳袍；石梁方广路非遥，檐卜堂中信手招；尊者半千谁是主，海天云静月轮高。”千百年来，这则无相真禅师的《供罗汉颂》一直传颂着罗汉与茶不可思议的因缘。世间诸多美好，琳琅满目的什物，唯独是茶与罗汉不离不弃。

心灵或许是净土最好的住客，佛门禅院为了更好地表达世间的什物与罗汉的因缘，将这份心灵的敬仰转换成一种对美好事物的应供礼仪。大地万物都有自身的语言，它们以不同的方式表达着自己的体悟，等待着有缘人的诠释。荣西禅师不曾想过，这一次目睹天台山石梁上向罗汉献茶的礼仪，宛如吃上了一盏念心明净的茶，得到了心灵上的大自在。

大美无言，荣西禅师往后数次拜访天台山，将这份茶与佛门的邂逅，悄然无声地带入了自己的国度。荣西禅师这份对美的发现，这次不经意的邂逅与相知，让今后的日本在茶道上有了空前绝后的传播。

时光过去了这么多年，或许人事早已让记忆不堪回首，这段殊胜的邂逅，在沧桑之中依旧保持着自己的美丽。虽然不曾亲自闻那年、那时、那应供之茶的味道，但我想在这份传承之下，这盏佛门应供的茶，至今味道不曾有过任何改变。毕竟这份对内心净土的向往，一如那些茶人的信仰，是经久不变的。

庭院深深，在禅院之中，总能惬意地感受到那份空灵的深邃，即使是供桌前的那盏茶，也会让人心生敬畏。

在每个人内心的深处，总会有一块纯净之地不容任何人侵犯，不论个人左右、人我利益，这块净土上的人事物，都是独一无二的。也正是这块小小的隐私之地，让人我划分了界限。

佛门亦是如此，有些东西是不容我们侵犯的，禅者的伟大就体现在不容侵犯的那一刻，同时也包容着无限的慈悲。山水有清音，佛门有仪式，兴许有些佛门仪式可以替代那块不容侵犯的领土，让人我之间树立起敬畏和恭敬，然后在一片安宁美好之中，我们依旧守卫着心灵的那块净土——信仰。

茶，是茶客通往觉悟彼岸的媒介。世事皆苦，茶性亦苦，世间万物皆具佛性，故茶亦有佛性。从禅者发现茶之曼妙的那一刻开始，茶便成为禅者敬畏美好的一份布施，茶体现在仪式之中，不单纯是一份示现，亦是心灵美好的旁白。在吃茶的那一刹那，禅者让茶客树立对觉悟和清醒的敬畏，亦是对精进的那份布施与供养。

布施一份茶的清香，让众生得到一份清醒的供养；布施一份茶的空灵，让众生得到一份觉悟的供养；布施一份茶的灵性，让众生得到一份敬畏的供养。

茶与净土的那份仪式，是佛门与红尘唯美的邂逅。

陆

Chapter
Six

不增不减

喝茶要学会忏悔，
才能沏出更好的味道。
无情无种，
无情无生，
一壶茶的世界，
无心就无味！

在一盏茶中学会观音

一路走来，路过那山、那水、那人间，在烟雨蒙蒙中，在灯火阑珊处，观音的声影都不复存在。竹影斑斓处，或许还会认为那只不过是海幢潮音中的一个奇迹罢了。殊不知在山光悦鸟性，百啭千声随意移之中，渐渐地关闭内心世界的纷杂，或许置身在古树之下，沏一盏茶，在流水中方能观闻这自然声音的空灵。

叶，在绿意中给禅房平添了几许生机。尽管这是晚秋，但是这无声的世界，有着禅房花木深的惬意，在几许的寂静之中，总会让过路人愿意放慢心灵的脚步，听一听禅房的声音。不语是一种美，是在无声的世界观闻最清净的声音。放下万缘，清心自在，端起一盏茶，在倦怠中舒缓内心的疲惫，在水无声地流淌中，洗去了满身的尘埃。

水，在流淌的过程中滋润了寺院几许灵性。智慧是可以绽放光芒的，只是没有佛心的熏陶，没有圆融的滋养与灌溉，在几许的寻觅之中，水还是一如昨日的光影，在流淌之中一去不复返，如梦似幻。不恋昨天的美好，不谋明天的盘算，只在当下流淌，将内心世界的这壶茶沏好，便可芬芳缭绕，一如水的圆融与滋养。不管是流入湖水之中，还是翻滚在壶水之中，水都是灵性相好，与茶相遇，与万物相知。观音，观闻的是一种随遇而安的声音。

很多时候都是披览即倦，但是一看到如是我闻，就欣然舒心几许。沏茶者因为学会了聆听茶与水的对话，便让一片枯叶在与水的相逢中抛除诸相，在一味圆融中酝酿出壶中世界的清凉与芬芳。生活亦是如此，凡相皆是虚妄，茶的色相比起枝叶上的那份绿意，自然是缺乏生机，但是没有生命的生长与凋零，哪有山川日月的灵性和韵味，其实在内心中倾听，观音便无处不在。

聆听壶的声音，酝酿一盏好茶，便是观音；聆听唇与舌尖的对话，品味万物的灵性，便是观音；聆听水与茶的对话，翻滚宿命的无常，便是观音。

在一盏茶中学会观音，喝的便是一份自在！

忏悔，才能沏出更好的味道

我忽然想起一句话："人生就像吃橘子，大的橘子酸，小的橘子甜。当我们拿起酸的橘子时，不要抱怨它太酸，要庆幸它是大的；当我们拿起小的橘子时，不要抱怨它是小的，要庆幸它是甜的。"人生便是如此，世间所有的相遇都是久别的重逢，别在意是什么地方，什么人物，什么风景，唯愿轻轻走过，一路莲花次第开放。

对于茶客而言，我很喜欢一句话，"路过的终点在手心"。茶也是如此，一如旅途的风景一般，一方山水的邂逅，或许此生便是一次，有些人不经意，有些人用心，有些人在此常驻，更有些人用生命去体悟。忽然觉得品茶如同看风景，学会珍惜眼前的美好，不去消耗和打磨，珍惜福报，如果旅行是一种修行，那么喝茶便是一次身心的体悟。

我时常在想，不过是一泡茶的滋味，汇集了多少慕名而来的茶客，壶中漂泊的茶叶一如茶客漂泊的心，碌碌苍生不知道夹杂着多少各自的味道，千奇百怪，但是茶并不是这样。捧在手心的那杯茶，是壶中的那几片叶子最纯真的释放，茶不同于人，人可以反反复复，但是茶只能在一杯水中简单，或好或坏仅此一次而已，所以对于爱茶的人而言，珍惜当下手中的这盏茶，需慢慢地品，淡淡地闻，静静地尝。茶不会像人一般去寻寻觅觅、反反复复，遇上了就仅此一次而已，不会为谁伤感、为谁婉转，这便是茶的洒脱之处。遇到水，茶便是出家的僧人，不去牵绊，不去挂念。我多想让出尘的茶心洗涤自己那颗染着的心，一如茶那般，酝酿出属于自己的味道，对境不起心。

把自己的那份心思泡成一壶茶水，然后自己品尝是何味道。烦扰的世界，平平淡淡到底是不是真？然后再用那份心思去反复推敲。茶蕴灵性，升降浮沉一如世事，觉味由浓而淡一如人情，到底是五蕴幻身，幻何究竟？

抿一口杯中的茶，醇和馥郁滋味各异，“一花开五叶，结果自然成”。也只有心无旁骛地泡上一盏茶，才能亦无取舍；路过的终究不会错过，与茶相遇如此，人生相逢也是这样。言下相应心相惜，用无常的心去泡有情的茶，用无所得的心于他人方便，给他人芬芳便是给自己清香。茶向来不会偏袒谁，更不会以分别心去眷顾谁，这便是我喜欢茶的因缘所在，因为茶的不偏袒、不眷顾，一如因果那般。

“有情来下种，因地果还生。无情亦无种，无性亦无生。”茶洗身，人洗心。如果不曾泡过，哪知道过往的味道？知道了过往的味道，便有了心平气和的滋味。好坏与否，品茶如同做人，在水的恩赐中学会回顾与总结，是非对错全凭忏悔之心，方知过往的不足。喝茶要学会忏悔，才能沏出更好的味道，无情无种，无性无生，一壶茶的世界，无心就无味！

一盏茶中，学会珍惜，不必惋惜

很喜欢古大德的一句话：“身不苦则福禄不厚，心不苦则智慧不开。”至于喜欢的原因，我想是这句话一如我那颗素爱喝茶的茶心，不需要任何言语的甄别，就流淌出生命的浓厚。

一如潮州城内的老街巷陌，各种茶器店铺，或许每一条街道，都有属于自己的故事。吃茶的人，喜爱收藏的人，置身在潮州，犹如茶在茶盏中酝酿一般。

赏器——有人说那是茶客的眼光在与工艺师的技术对话。这话一点都不假。器皿的大小规格无不是性格的塑造，茶器是会说话的。每个人手中的茶器都有一则无可复制的故事，这个故事等待着有缘人去填写主人公的名字，或感怀，或受益，或从一盏器皿中找到内心的归宿。

观茶——那是舌尖与牙齿的交流，也是唇与齿对茶的感受。时光如茶水，能证明身边的一切，徘徊在一水间，滋味的或浓或淡，汤感的渐浓渐薄，品茶人身心的或宽或大，都在这“如人饮水，冷暖自知”中自我思量。

潮州任何巷子中，茶的影子都是非常招摇的。我曾和许多人“淘”在茶铺中，看过了流连忘返，也看过了依依不舍，更有人因为一次与茶的擦肩而过不曾留意，造成了后面的日日难忘。

潮州城是一个能装故事的城市，你可以空手来潮州城，但是只要不经意间喝了一杯潮州城内的茶，它绝对会让你在这里留下点什么，或留念，或感怀……

潮州城的清寂，让你能在一盏甘醇的茶中看清这座老城的模样。姑且不谈茶的滋味，单单是挨家挨户的小茶桌，闻香气亦可知晓来处，但是冥冥之中总会有不可捉摸的东西，说不明也道不清。

人与人的交往，有人说是你好、谢谢、再见三个词就能形容，或许总有一番道理在里面，这种说法才会得到这么多人的认可。但是茶人、茶心是你不可捉摸的。一段岁月的剪影，一盏茶的热气，一缕清香的魂牵梦萦，一桌茶客的谈笑风生，这些抓不住的，往往都是值得珍惜的。

有人终究是忘不了一杯茶的滋味，百般追寻，殊不知已经错过了很多杯茶，有时候杯盏中的滋味已经淡然了，有些茶客心中却茫然了。其实，有时候我们苦苦追寻的事物，一如壶中流水一般，终究是抓不住的，世间的滋味亦是千江有水千江月，虽是相同，但是我们不必求相同。

滋味有苦也有甜，吃茶也是有甘亦有涩，有浓亦有淡，有冷亦有暖。茶的色身置于水的苦海之中，在水中经一番历练和修行，最终因为茶自身不同的体悟，完成了自己修行中不同的味道。人的成长亦是如此，终究会在不同的经历中感悟出不同的味道。每个人的故事都是不同的，有人羡慕，但是要学会不去刻意复制。

人的愚蠢便是如此，吃茶不必有这样的习性。吃茶不是攀比，没有思量和较量，茶只不过是让你在诸苦和幸福之中学会珍惜。一杯茶吃到了心里，是此刻的滋味细细感悟，而不是贪婪下一杯，你连当下这一杯都没有摸清味道，如何能知晓下一杯的滋味？生活便是如此，当下都没有明白，如何能在明天豁然开朗？

不知道涩的味道，哪懂茶的甘甜？一切都是最好的安排，在茶与水之间，满怀惜福，方有清福可享；尝尽种种味道，才能洗涤内心世界的无知。吃茶是一场开示。

珍惜是惜福，惋惜是烦恼。这是与潮州城一次不经意的邂逅，让我豁然开朗。或许是经过了无数家茶馆，到了潮州这一站，我才明悟美好的事物是短暂的，就像壶上的云烟，看似美丽却不实际。

今天种种的美好都会过去，时光有时候如同一杯茶那样，让我们流连忘返，但是谁都没有能力将此留住。不必悲伤，也不必消极，我们唯一能做到的，就是在一盏茶中学会珍惜，不必惋惜。

条条巷弄，茶香如昨

落脚在潮州城，在喧闹的画面中，站在韩江岸畔，看着熙熙攘攘的人群，在热闹中古意盎然的小市民生活，条条巷弄之中，都会临街摆着工夫茶具。

都说潮州人有生意头脑，这话我误解了好多年，当自己将那颗过客的心融入潮州城的生活之中，才明白原来这“生意”二字是别有一番味道。在潮州城巷弄的屋檐下，随处可见的都是茶铺，潮州城内无论男女老少，只要拿起茶器，都能行云流水般游刃在各个茶器之间。单单看潮州人拿着盖碗将沸水依次从杯与杯之间拂过的动作，我都已经醉了。虽然茶铺是绝大部分潮州人的生计，但是潮州城独有的味道是任何地方没有办法与之比较的。在老潮州城区，老式店铺最大的特点是前店铺，后住宿，客人来到茶铺内，多半时间都是看着店主悠闲自在地泡茶，他们的生计从不刻意，在店铺喝茶就是做生意，在生活和顺意之间，潮州人的生意就这么展开了。

三个茶杯、一个盖碗是潮州人日日沏茶的家什。潮州城虽旧却不失精美，精美主要体现在市井巷弄，那些传统的东西在潮州城的阡陌交通之中依然鲜活。打铁铺、红白写字铺、牌坊街下的院落、梁间金漆木雕的工艺，都在讲述着昨日时光流过的故事。

我时常在想，也只有在小时候才会有“赶集”一说，但是在潮州城的街道和巷子之间，这赶集的味道特别浓厚。不过儿时陪奶奶到镇上赶集，无非是在柴米油盐、大斗小秤之间砍价，在潮州城却不会如此。虽然有这么一番童年的味道，但是潮州城内的来往交易，就是茶与杯之间的待客。

潮州城古老，这一方水土的居民也朴素，他们待客的物什却很精致。水为财，或许在茶人的眼中非常庸俗，但是对于过客而言，或许这是一份祝福，也代表着潮州人的好客。水是最具灵性的，茶是最清净的，潮州人则将灵性和清净倒入了每一位茶客和过客的杯盏中。我想世间的美好莫过于此了。

或许当一切繁华落幕之后，我们才恍然大悟，原来昔日我们所追求的繁华无非就是浮华，简单质朴才是大美。许多人都会觉得以前的日子过得美好，因为那时候的日子过得慢，我们有足够的耐心慢下来去做每一件事情，现在的疲倦不堪，往往是因为我们对美好少了一份耐心。其实追求美好的结果并不重要，重要的是我们追求美好的过程。一路的风景才是重要的，目的地只是单一的。我们需要时刻记住，当下一个不经意的动作，就会成就一个不可复制的未来。

一条巷弄，茶香飘飘；一家店铺，杯水往来。殊不知一切都是美好的华丽转身。当阳光从牌坊上一跃而过，我的心也跟着飞走了，还带着一缕凤凰茶的香气，这便是潮州城、潮州人、潮州客的邂逅。

烟雨潮州单枞茶

一座古老的潮州城，总是让我不知道用什么笔墨去描摹它。

或许站在城墙之上远望，总会有一种“烽火连三月”的感觉，可能那是因为我读唐诗太入迷的缘故吧。至少这方水土在当下的时光，让我看到了古老的民风是如此朴素，潮州的魅力或多或少是因为传统民居建筑，将人带入如诗如画的意境之中，让人百思不得其解，然后流连在其中。

许多小巷之中，来往的人群络绎不绝，有时候在无数次擦肩而过之际，方才明白一些世俗的道理。都说潮州茶有名，闻名而来，我倒掉心底的那盏茶，端起了手中的空杯，一番舟车劳顿，挂单在潮州开元寺。

在开元寺与师父喝茶的时光，正逢潮州城烟雨迷离，我隔窗远望烟雨潮州城，在一片云水烟雨中感觉到潮州人的念旧。古老的房屋，即使是我这位过客，也会感受到那挥之不去的情结。烟雨之中的潮州城古老而又神秘，散发着一种悠久而又氤氲的味道。茶此刻从鼻尖掠过，飘散在烟雨之中，方才醒悟屋内亦是一番烟雨茶香。

一杯单枞茶入口，方知这位沏茶的师父特意安排了一盏贡茶。单枞茶之中，我素爱贡茶清淡自持，不似其他单枞茶，茶性过于猛烈。贡茶入口的感觉，亦如潮州工夫茶的茶杯，宜小宜浅，茶杯一啜而尽，茶水不留杯底。

水静能鉴物，人静能观心。贡茶的清淡如潮州工夫茶的茶器那般，宜小宜浅，便能通透一切。观茶一如指尖划过的时光，成长不仅仅意味着老去，而是扑朔迷离之后，返璞归真，回归自然。

这是一段与师父喝茶的时光，此刻我却看到了潮州人对生命的感动，以闲情逸致去沏茶，或许不管什么质地的茶都能沏出一种生命的真味。这便是贡茶的味道给我带来的触动，竟然让我在这烦琐考究的工夫茶中得到了一种超然物外的体悟，那就是坦白。亦如潮州工夫茶那宜小宜浅的茶杯，不去藏着什么，就看到了水的本质，看到了茶的色相，然后在瞳孔的世界中去发觉美好的纯真。

来潮州老城，无非就是在古巷之中找回记忆中的街道，不管有多老，至少还会有希望，不想却与潮州茶不期而遇。兴许是前世与茶的约定，尽管喝了一碗孟婆汤，它依旧会在此生如期赴约。“那些真正发生过的事，或许不在这世上，而在我们内心。”茶亦是如此，是美好的化身。在生活的纷繁喧闹面前，不管你是谁，即使借口说喝了那碗孟婆汤，茶依旧会在这里等你；或许你处于迷茫之中，处于忙碌之中，这盏美好的茶依旧会在这里。直到你抽身离去，它才会沏下一盏茶。

人们都说最后和你在一起的人，永远都是你想不到的人。当一盏又一盏的茶喝完之后，当所有的哗众取宠过后，那些游思妄想的浮华，最终敌不过生活的本质。

在潮州，我终于明白了一个道理。不管外面如何描绘潮州工夫茶，纵使言语浮夸改变了本来的味道，潮州工夫茶固有的本质也是不变的；潮州的单枞茶从来都不会辜负谁，一如幸福，总是生生不息。唯有时光与知心是不可当面错过、不可辜负的，终究是自己的时光，与师父喝茶的时光。

一盏年味的茶

又到日历换新的时候了，一页一页地撕去了岁月的光阴，泛黄的老日历就像是柜子里储存的茶叶一般，格外有岁月的厚重感。打开茶叶罐，酝酿在罐内的发酵气息，迫不及待地扑鼻而来，与当下年末的氛围，相辅相成。

柴米油盐酱醋茶，似乎听起来带着人间烟火的味道。确实是这样，茶是生活中不可或缺的物什。有些人总是因为各种奔波，抽不出时间来经营自己想要的生活，却又不得不花大量的时间来应付自己不想要的生活。现实就是如此，不是生活太累，而是你太忙。似乎绝大部分的人都是这样，总想在坎坷与不顺中，在一盏茶中寻觅一番云水。其实有时候换种心胸，你会发现，我们还在凡尘之中，就别抱怨他人太“人间”。或许也只有柴米油盐的衬托，才能显得茶有多么的“市井”。

也只有在这样的年味中，我们仿佛才看清了茶的真实位置。茶并不是达官贵人才能享受的，平民百姓在慢条斯理中也可以享受一番茶的乐趣。

岭南的年末特别有感觉，花市早已装点了各个小巷，有时候在去往茶楼喝茶的路上，那份茶心，早已流连在这条满是柴米油盐、春联花灯的小巷。尽管如此，茶楼在这条充满喜庆年味的小巷里也毫不逊色。茶香依然夹杂在花香之中，似乎在告诉人们，柴米油盐酱醋茶永远都是无可分离的。

每个人都会带着不同的心情和方式去迎接新年。当老日历和新日历交换的那一瞬间，于我而言，是一种新的轮回。这一刻在我心中是神圣的，那种对岁月的怀念和敬畏，岂是言语所能传递的。年对于大家而言，或许是一种团圆，是一年光阴的期盼所换来的，这种来之不易让每个人都会拿出不同的东西与大家分享心中的喜悦，比如年夜饭，或利市，或春联，或鞭炮，或一句吉祥的祝福。

但是在我心里，最让我感动的地方就是迎新，总有一些人以茶为礼来表达自己对年的祝福。我想这种文化的流行，是对茶的一种唯美诠释，也是生活品位提高的象征。我想送茶的人，多少都在内心的世界中留有一份慈悲。

这一年，在无数盏茶中，我都能喝出不同的味道，同时也在四季轮回的过程中，在山水之中享受了一番自在。一年的光阴中，在这样一个辞旧迎新的时刻，把我们漏掉的，没有品尝到的味道填补上，我想这便是年味了。

人生的味道扩散在柴米油盐酱醋茶中，这是老天最公平的安排。也正是因为如此多姿多彩的味道，生活才显得多姿多味。茶排在最后，可能在冥冥之中，注定了它将在那些缺漏的味道中填补一份调剂，我想这份调剂便是生活的心态与高度。

对于有些人而言，或许是一年的奔波，亦或许是一生的奔波，时间总是在不同的情境中换算出不同的数据。但是，茶不管在什么样的情况下，它都会告诉你慢下脚步，坐下来好好喝一杯茶，体验生活中的悠闲时光，不为生计，只为生活。

茶是换了一种方式的柴米油盐，正是这样的一种转换，茶的品位便显得高雅悠闲了许多。茶如此，我们的生活也是如此。有时候不需要华丽的转身，只需要我们微微改变自己的生活方式，我想美好便不期而至。茶是一种生活的态度，也是我们做人的一种智慧。

人间至味是清欢，浓浓的年味其实是最淡的，那只不过是人们对节日的表达方式有所不同罢了。茶也是如此，如果说年是因为团圆才显得有味道，那么茶就是因为有油盐才显得清欢。如同身在南方的人，看惯了烟雨蒙蒙，却向往北方的飘雪；身处北方的人，却爱慕南国的烟雨水乡。其实，在我们的生活中，没有所谓的绝对，只不过是我们的参照物不同，心中的那份标准也有所差异而已。如同生命，每个人生命的表达方式是不同的，但是每个人的生活味道，我相信是大致相同的。做人一如茶那般，很少会标新立异。茶不矫情，有时候你对茶有偏见，只不过是对它不了解而已。如果你爱茶、知茶、懂茶，它便会潜移默化地改变你生活中的细节。

过年回家，这也是人间的一种味道，寻寻觅觅，这一生我们都走在回家的路上，总结起来都是心灵回家的历程。一年的风餐露宿，尝尽了所有的味道，其实到最后还是抵不过家的味道。有时候想想，为何不简单一点，直接改变生活的味道，多一分温暖，多一份体贴，那岂不是另外的一番滋味？我想茶的味道就能冲淡我心中的苦涩，多几分淡然，也多几分从容和自在。所以面对种种的突如其来，总不失自己本色的味道；任凭风风雨雨，最终依然能收获阳光，人我双手依然紧握。

在一盏茶中，把生活忙碌的味道冲淡，学会在岁月中寻找如茶一般的淡然味道！

西子湖畔，赴这场绿意的邀约

还没有好好在灵隐寺茶园认真地品上一杯茶，就这样抽身离去了，这是我去年来杭州的一场擦肩而过的错过。时至第二年清明，灵隐寺的茶友告诉我，附近一带的茶山早已是一片绿意，碍于时间束缚，终究在此又错过了一场与茶相约的时光。

我第一次来到杭州的时候，时逢酷夏，杭州就像是大火炉一般，让我大汗淋漓。在来杭州的前一站，我是从九华山下山的，一路朝圣完地藏王道场之后，我便从池州九华山一路奔向了杭州。

在九华山的时候，毕竟是高山寒冷，在这个佛教圣地，难得同参有心，带上了安徽绿茶。这茶泡在九华山云雾缭绕之中，让我别有一番感触，究竟是茶的色相让我满眼扑朔迷离，还是心的业障 * 让自己锱铢必较，最后满身包袱？

三天的九华山行程，感受到夏末山中的一丝凉意，坐车奔波来到杭州，一股热气不免让人觉得杭州是一座大火炉样的城市，昔日对杭州西子湖畔、飞来峰、雷峰塔的向往也渐渐开始淡化。

我来杭州第一个落脚点便是灵隐寺，夕阳下的灵隐寺藏在了一片茶园之间，以前也在书籍上

* 业障，为佛教用语，指妨碍修行的罪恶。

对灵隐寺略有了解，唐代陆羽《茶经》中提到的“钱塘天竺、灵隐两寺产茶”，不用多加思索，来灵隐寺最大的口福便是西湖龙井茶。

夕阳很快落幕，在灵隐寺茶园附近的素食馆品茶，是一件非常惬意的事情，尽管天气酷热，但是一点也不影响隔窗远望一片又一片茶园的心情。茶树静静地躺在山坡之上，行人来来往往，也不曾让这片茶园改变过什么，这样的安静，一如我此刻的向往！

山峦重叠、林木葱茏之间，我们信步回到了寮房，茶友毫不吝啬地再次沏上一壶山水，让我不愿意迈出离开的脚步。尽管夜色愈发深沉，但是几人言语，不曾有半点睡意。

以茶助谈，以茶助经。小饮几杯西湖龙井茶之后，愈发精神抖擞。几人时而谈论杭州苏堤春晓，时而讲述飞来峰下的夜风，尽管夜风婆娑，这盏茶却没有半点睡意，如同我们一样，好像在等待着什么。

直到午夜，这盏茶究竟是要看着我们各自回房，走在夜色中的灵隐寺，唇下的茶味一路飘香。此刻虽有睡意，但是眼下禅院静谧，愈发让我看不够，不是我过于贪婪美好，而正是这份美好，让我想起“生前何必久睡，死后自会长眠”这一句借口。

究竟是一场错过，说到杭州古城，不得不提起“汪庄茶事”。西子湖畔，湖上四庄，汪庄便是其中一个。柳如是那段“鹃声雨梦，遂若与先生为隔世游矣”，便是指当时做茶叶生意的汪汝谦。汪汝谦来杭州做生意，一贯风雅的他，打造了几艘小船，不知道载过多少风流倜傥的文人，在此留下了风流文章。千百年之后，这一段风流往事的记载，一直在众多茶客的口中评说着。

或许真是佛门和红尘的一段相隔，灯火夜色之中，在西湖断桥边上饮茶泛舟，都不曾与这胭脂花红之地擦肩。今时不同往日，或许那只是口中的故事，此处的错过，并不让我惋惜什么。

时光在沏茶之间不曾留过，短短两天，在灵隐寺附近的茶园，跑马灯一般走过，尽是新奇，尽是感慨，终究是左右之事，让我无法好好在此停留。

我想天竺寺附近的三生石便是最好的见证，既然来了，我们还会再次相见……

待到来年满山翠绿，那时的茶友、那时的沏茶人在此相约，可知还是一如去年那般左右牵绊，让我能够抽身而去，赴这场绿意的邀约。

或许有些时候，我不应该赖在茶桌旁胡思乱想。泛黄的灯光，洒落在杯盏之上，愈发觉得和汤色毫无两样，都是色相虚幻罢了。虽然窗帷紧闭，但是窗外的细雨缱绻，在点点滴滴之中，我还是能听到几许声响，一时心中平添了些许雅意，沏上一盏清茶，或翻阅几卷文字，或点上一炉香火。

丝丝缕缕的茶香，是窗外点点滴滴最好的相伴，微风细雨中，蕉叶也不免发出几许感叹。自古以来，蕉窗夜雨是一件极其雅致的事情，虽与这眼下的时节不大相宜，但是这种自得清幽的心境是不分时节的。

此刻思绪万千，毕竟流光容易把人抛。或许是我有太多的贪婪，以至于一杯清茶都无法滋润我的心灵。时光如人事，来来去去总是抓不住任何东西。所以，几经追寻，我便决定栖息在这杏黄院墙之下，静坐息心，等待与有缘人沏上一壶时光煮上的清茶。

时光，浓淡相宜；人心，远近相安。我曾在小窗日落之际，与茶客共叙时光感慨；也曾偷得浮生半日闲，在闲塘渡野鹤之中，推窗而望，感怀那些早已抽身离去的过客。

时光总会在额头上留下尘埃。我终于明白了，那不是苍老，而是满心的沧桑。这种若有若无的喝茶时光，撩拨得满心的烦恼，杯盏中索然无味。

这味道不知道是因为那个给你沏茶的人，还是这时光，总是觉得这一番山水对不住自己的唇齿。苦才是人生，烦恼的显现，我想也是如茶一般，是为了传达一番不一样的山水真意，和不立文字的意境。有些人，有些事，有些茶，我想，需要自己的亲历亲尝，才能将人生的这盏茶品到尽善尽美。

抽身离去的不是那位沏茶人，也不是那位沏茶人与你喝茶的时光，如茶味般或浓或淡的时光，一切味道都学会随遇而安，这不是随便而是随缘。人心往往亦是如此，或远或近毕竟是人我冷暖的距离，你在或者不在，我都安然。

我很喜欢不知道从哪里听来的一段话："他来了，缘聚；他走了，缘散；你找他，缘起；你不找他，缘灭。找到是缘起，找不到是缘尽。走过的路，见过的人，各有其因，各有其缘。多行善业，缘聚自会相见。"相聚于这盏茶，也是因为这盏茶而缘散，这都是因为各自的味道而缘起，也是因为世味的咀嚼而缘灭。缘来缘去，一切就在这里不离不弃。

只不过，有些人错过了你的到来，有些人错过了一盏茶。有些人错过了，他的心却走了；有些人错过了，但他的茶却是香的。你不曾来过，我怎敢老去？其实我老去的并不是容颜，也不是那颗心，而是那盏茶，时光越久，底蕴越浓。

有些人虽然不配这方山水清音，但是并不代表这方山水清音不曾厌倦这些人，毕竟这些人终究辜负了一壶山水，辜负了几度老去的时光。

你不曾来，我怎敢老去？有这盏茶，即有这番山水的祝福，一盏清茶灌溉我的慈悲，也让我学会了祝福。我们还在受苦时，请记住还有这杯茶为你清凉。一杯滋润我的茶，让我学会奉献，不再向任何人或事索取，这是人我的慈悲，也是一盏茶的智慧。

使用，生命才算完整

都说好茶需要配上好的茶点，可能因素日对食物的挑剔，我倒对茶点提不起什么兴趣。有些时候，在不得已的情况下喝些茶性较猛的凤凰单枞或绿茶，我才会咀嚼三两口茶点，如若不然，我是很难主动吃茶点的。

倒不是自己不爱茶点，曾经我在杭州一家素食馆里看上了一款青花茶碟，如果不是茶友的一番用心，从景德镇给我定制上一份，恐怕到现在我都会念念不忘。可能是那时候，我心仪的茶点并未出现，所以先准备好茶碟，然后继续寻觅着自己想要的那份茶点。

我素爱清淡，可知清淡是最难做到的，这味道不仅仅是唇与齿之间的衡量，也是做人的一种自持。我对茶点的要求也是如此，时间越久，我对味道的要求就越高。茶友说我过早老化，恐怕也只有自己知晓，那只不过是岁月给我带来的一份安宁。我很自在地享受这份美好，因为这段最为朴素的情感和时光，是我终生难忘的。

都不知道过了多久，我忽然发现了橱柜里放着茶友从景德镇定制的茶碟，它早已覆满了灰尘。我用手轻轻触碰碗碟，还能留下手指的印迹，抹去灰尘，碗碟内的青花纹路映入眼帘，色泽撞击着我的瞳孔。

我的第一反应是觉得怪可惜的，在杭州这么美丽的一段邂逅，为何到了今天却是满身尘埃？初期的那段完美至今已经不复存在，尽管我用水洗去了尘埃，试图像清水泡茶那般，洗尽铅华，但是我发现心灵的尘埃依旧抹不去。

沏上一杯茶，我思量着，端详着这几盏碗碟，记忆早已停留在那段杭州的邂逅。时光也不知道过了多久，忽然一次，茶友带上自己心仪的点心，来我这里讨一杯茶吃，我毫不吝啬地拿出这碗碟，装上了这些点心，灯光从竹篓里散落在碗碟之上，配着茶友亲手制作的青白二色的点心，这碗碟瞬间在瞳孔的视线中升温。

这茶水一杯又一杯沏在茶席之上，这碗碟静静地盛着点心，青花的纹路虽然显出几许古朴与庄重，但是天青色的釉色配上点心的青白二色，让人特别有食欲。此时的我也忍不住，主动让指尖跳跃至碗碟之上。

此刻，我想无论是怎样的美食，只有盛在属于自己的碗碟之内，才能显得完美。无论再怎么心仪的器具，只有使用了，器具的生命才显得完整。我想做人也是如此，有些人身处高阁，终究是要被生活遗忘的，反过来还要抱怨现实的残酷，其实是自己的价值没有体现出来罢了。

“器物因被使用而美，美则惹人喜爱，人因喜爱而更加频繁使用，彼此温暖，彼此相爱，一起共度每一天。”这是著名的日本美学家柳宗悦曾经说过的话。千百年来，茶器和茶客带来的温暖与亲切，在岁月的长河之中，任春秋更替，冷暖变幻，都不曾有丝毫减少。唯有通过一次又一次的使用，才能体悟到生命的完整，这是几盏茶碟给我的开示。

有些人，在生命的旅途中不断地追求完美，但是他们往往忽略了完美的前提是完整，一如这几盏碗碟，不曾用过，何来完整？

使用，生命才算完整，完整才是完美的主题。

最后一杯竟然是自己的眼泪

这杯茶，是不是喝到了这里，觉得没喝够呢？还没尽兴，茶就没了，人也散了，这段时间也就这样没了。

我来喝茶的时候，什么都没有带上；当我满怀心思用心对待的时候，茶却没了。而你，那个沏茶人，那个过客也不在了。我想此刻我的心思和你们都是一样的，被这一杯绿意洗过的记忆浸湿，如此，便好！

没想到所有的茶都喝完之后，最后一杯竟然是自己的泪水。别问我是什么滋味，我想你已经尝到了，要不你怎么会陪我喝到这一页呢？味道是自己咀嚼的，个中滋味，都是人生的一种历练和尝试。

一杯山水，一派绿意，一缕芳香，一段文字，竟然无法表达我的情愫，我想这便是与师父喝茶的时光之外的馈赠。几多美好藏在心底，留在了未来的时光中。

我想问问你，你的这颗心灵是不是已经被我的这杯茶沏得无尘无染了，一片绿叶的打点是否给你带来了清凉自在呢？时光分给每一个人的都是平均的，谁也不多谁也不少，但是每个人对待时光的方式却不同。只不过我们都过于渺小，在时光面前显得微不足道，所以才会有那么多无可挽留的东西成为过去。

我很喜欢《金刚经》里的一句话，“以三千大千世界碎为微尘”，一粒微尘足以显露我们的渺小了，一个“碎”字足以显得我们太脆弱了。可能在与师父喝茶的时光中，我们在别人的生命里就是一粒微尘，空留下一段时光记忆的碎片，像极了那杯浸泡的茶水一般，微微泛黄。

时光在变，茶也在换，沏茶的人、喝茶的人都在换。《金刚经》又云：“过去心不可得，现在心不可得，未来心不可得。”一切都是没有定数的，尽管这段时光是没有定数的，来来去去都是无常的，但是我依然愿意心存感恩，分享这段时光中的美好。感谢陪我喝茶的那些人，他们都以不同的方式把这段时光呈现在大众面前，或那些美好的画面，或那盏清凉自在的茶，或那段唯美殊胜的开示，这些人都是与师父喝茶的时光中的茶客。清茶一盏齐分享，尽管我们都知道这段时光终究会成为过去，但是我们还是不忘当下的点滴美好，争取把每一点每一滴沏到尽善尽美；尽管一如世间种种的残缺，但是我们没有半点忧伤，至少我们没有挥霍这段时光的美好。

以过去心怀念，以未来心期盼，以现在心惜缘。我忽然明白了，得此三心，与师父喝茶的时光终究不会过去。应无所住，而生其心，这不仅仅是一片叶遇到水与火的重生，也是一颗心遇到甘露滋润的轮回。师父还在，茶可以再煮，尽管过去的故事不能再上演，至少还有记忆能给我们一个重播的机会。慢慢地回味，或许初心无法替代，但是曾经有过的美好，我们可以继续传承。

传承师父的话，也可以传承师父的茶，万般宁静，淡泊无争，时时拂拭，不惹尘埃。师父的茶，不仅仅是在僧寮闻茶，或在潮起潮落，或在青山溪流，或在万里河川之间，都可以与我分享。

如果真要去计算这段与师父喝茶的时光有多久，容我仔细想想，最后在难以启齿中，我轻轻告诉你一声：“很短！”但是我会在心里告诉你：“一直都在！”别说我太乐观，而是我知道枝叶年年新，那抹绿意还会再来，所以茶也是在春暖花开之际给我带来佳音。

待到岁月静好，佳音几许，静候而来之际，便是我们再次与师父喝茶的时光！

摄影／周丽辉 梁明毓 张小新 悟澹 七觉 学证 崇开 《茶道》杂志

特邀朗读／本心 宗柘

禅茶一味，悉心沏就；上善如水，茶心无尘。